Über den Autor:
Roland Wiesdorf, geboren am 26. April 1962 in Schaffhausen/Saar. Europäer aus Überzeugung, semi-professioneller Fotograf aus Leidenschaft, beheimatet in der abwechslungsreichen und geschichtsträchtigen Region SaarLorLux.

Eine
Liebe
in
Paris

Eine Liebesgeschichte in Paris,
und eine Liebeserklärung an Paris.

Kurzroman

Alle Personen und Namen sind frei erfunden, Ähnlichkeiten mit lebenden Personen sind rein zufällig.
Die Handlungen sind überwiegend frei erfunden, einige wenige Handlungen haben autobiografische Bezüge.
Die beschriebenen Métro-Stationen und touristischen Sehenswürdigkeiten existieren tatsächlich. Keine Haftung für eventuelle Irrtümer.

Impressum

Autor: ©2020 Roland Wiesdorf
Fotos: ©2020 Roland Wiesdorf

Herstellung und Verlag:
BoD - Books on Demand
In de Tarpen 42
22848 Norderstedt
Deutschland

I.

Langsam erwacht der Tag und mit ihm die Stadt, während das erste Licht der aufgehenden Sonne spärlich durch die typischen, klapprigen Blech-Fensterläden meiner Mansarde schimmert, und wieder einmal frage ich mich, ob diese Stadt überhaupt schon einmal geschlafen hat. Es ist ja nie wirklich leise hier, in meinem Quartier, im 10. Arrondissement.

Etwas verkatert, und mit einem pelzigen Geschmack im Mund, dessen genauere Beschreibung ich mir besser verkneife, schleppe ich mich zur kleinen, nein besser, zur winzigen Küchenzeile in meinem Appartement, um ein Glas Wasser zu trinken. Die Bezeichnung „Wohnklo mit Kochnische" wäre sicherlich treffender für dieses viel zu kleine und viel zu teure Rattenloch in der 7. Etage, direkt unter dem Blechdach. Die gefühlt hundert typischen kleinen Kamine sind viel zu dicht am Fenster der Mansarde, sodass das Wort Lüften für mich irgendwie bedrohlich wirkt - je nach Wetterlage. Und überhaupt: Auf zwei Dinge kann ich mich hier oben absolut verlassen - je nach Wetterlage: Im Winter ist es kalt, und im Sommer heiß. Sehr heiß. Viel zu heiß zum Denken, viel zu heiß für alles.

Aber der geniale Schriftsteller und Paris-Kenner Ernest Hemingway hätte selbst meinem Rattenloch noch etwas romantisches abgerungen! Was geht eigentlich in den Hirnen dieser super Schriftstellerinnen und Schriftsteller vor, frage ich mich? Schreiben Die sich die Welt schön? Leben Die überhaupt in der realen Welt, oder nur in Ihrer ganz eigenen Phantasiewelt? Oder gilt gar der Satz von Edgar Allen Poe:

„Is all that we see or seem
But a dream within a dream?"

Traumwelt hin oder her, egal. Jedenfalls brauche ich eine Dusche, um die Gerüche des Abends endlich los zu werden. Vielleicht wird ja auch mein Kopf klarer. Das letzte Glas Rotwein unten um die Ecke bei André war wohl eines zu viel.

Wie üblich kommt aus dem völlig verkalkten Duschkopf zunächst erst mal nur ein bedrohliches Fauchen und Blubbern, bis endlich mehr heiße Luft als heißes Wasser herausspritzt. Regulieren lässt sich die Temperatur des spärlichen Nasses sowieso kaum. Es ist wie das Appartement: Mal zu heiß, mal zu kalt. Der billige, alte Duschvorhang aus Plastik ist mal wieder sehr anhänglich an diesem Morgen und will unaufhörlich an meiner Haut kleben bleiben. Wenigstens einer, der an mir hängt, denke ich. Der Charme eines echten Altbaus ist eben unvergleichlich.

Wie genau definiert man eigentlich Sarkasmus...?

Gut, daß ich nur spärliches und kurz geschorenes Haupthaar habe, da reicht sogar meine Dusche. Nicht auszudenken, wäre da mal ein weibliches Wesen hier oben, eine mit etwas mehr Haarpracht. Aber eine Frau? Hier oben? Bei *mir*?
Schließlich bin ich fertig. Das dauert nie lang bei mir. Am liebsten trage ich Jeans und ein Hemd. Am liebsten ein weißes, da macht man nichts verkehrt, denke ich immer. Und bequeme Schuhe. Ohne Schnürsenkel natürlich. Die halten ja doch nur auf. Einen kleinen Luxus gönne ich mir aber doch noch jeden Tag: Einen guten Duft! Ich mag ganz einfache Düfte, wie den herben Vetiver, oder raffinierte Düfte von Fragonard oder Guerlain.

Abwärts ins Erdgeschoss geht es auf zwei Arten: Entweder über die alte, bedenklich knarrende Wendeltreppe aus Holz, oder mit dem ebenso bedenklich knarrenden Aufzug, der durch die Mitte der Treppe führt.
Es ist so ein typisch Pariser Aufzug in Gestalt eines offenen Drahtkäfigs mit einer wackeligen Ziehharmonikatür. Ich komme mir jedes Mal vor wie ein Gefangener in einem Käfig, und wenn das Ding mit einem kräftigen Ruck losfährt und einem

noch heftigeren Ruck unten ankommt, bin ich erst so richtig wach. Über den langen dunklen Flur gehe ich in Richtung Haustür. In die Jugendstil-Bodenfliesen haben im Laufe der Jahrzehnte tausende und abertausende Füße eine Vertiefung geschliffen. Irgendwie ist dieses Haus eine Ansammlung von Antiquitäten geworden. Es wäre auch ein idealer Schauplatz für einen Film wie „Das Fenster zum Hof", den Alfred Hitchcock 1954 drehte. Jedenfalls würde es mich nicht wundern, wenn man irgendwann mal im Hinterhof dieses Hauses bei Sanierungsarbeiten ein paar menschliche Überreste finden würde.

Dieses Haus hätte bestimmt viele Geschichten zu erzählen, wenn es sprechen könnte. Oder schreiben.

Also trete ich hinaus auf die Straße, die Rue Jarry. Gleich rechts um die Ecke ist meine Brasserie, das „Au Faubourg". Ich gehe rein, und André ist immer noch - oder schon wieder - hinter dem Tresen. Er begrüßt mich knapp mit einem kurzen „Salut Robert". Morgens sind wir beide meist etwas wortkarg, aber man muss ja nicht immer viele Worte wechseln. Es gibt eh viel zu viele Worte. Twitter, WhatApp, Messenger - unaufhörlich prasseln Worte auf uns ein, und vor lauter Worte Tippen und Worte Lesen werden wir blind gegenüber der realen Welt. Die Achtsamkeit ist wohl auch eine dieser zahlreichen bedrohten Arten. Schade. Warum eigentlich nicht mal dem Gegenüber einfach nur in die Augen schauen, mal nichts sagen, mal einfach nur den Gedanken und der Phantasie freien Lauf lassen? Und so hocke ich da auf dem wackeligen Hocker am Tresen und genieße meinen „Grand Créme", einen großen Milchkaffee, und ein Croissant, während ich André stumm in die Augen schaue. Er sagt auch nichts. Wir verstehen uns eben gut, der André und ich.

Wie immer gehe ich nach dem wortkargen Petit Dejeuner die Rue du Faubourg Saint-Denis hinunter.
Die ersten kleinen Gemüse- und Feinkostläden öffnen und stellen ihre Waren auf das Trottoir. Man findet Früchte aus aller Welt, denn auch hier haben viele Menschen ihre Wurzeln in anderen Teilen der Welt. Es gibt Granatäpfel, Kaktusfeigen, Datteln, Drachenfrüchte, Sternfrüchte, und vieles mehr.
Aus den Metzgereien dringt der Duft von gegrilltem und orientalisch pikant gewürztem Geflügel nach draußen, ein Duft, den ich ganz besonders liebe. Frische Merguez, Chipolatas, Lammkoteletts und Hammelbraten werden in die Auslage gelegt. Der indische Laden stellt seine typischen Knabbereien und Süßigkeiten heraus, gewürzte und geröstete Kichererbsen, gerös-

tete Linsen, Ingwer-Bonbons, und die Anis-Leckereien, die traditionell nach einem Essen in Indien gereicht werden.

In der türkischen Suppenküche auf der anderen Straßenseite beginnt man in großen Töpfen die Suppen vorzubereiten, während beim Laden in der Passage du Prady eine Lieferung aus Fernost eintrifft. Aus dem Lastwagen werden Kupfergeschirr, Paletten mit Papadam (trockenes indisches Linsenbrot), verschiedenen Chutneys und scharf-würzigen Mixed-Pickles entladen.

Die zahlreichen Friseurläden mit ihrem typisch afrikanischen Angebot öffnen ebenfalls. Bob Marley hätte hier sicherlich seine Freude gehabt, aber mit meiner mitteleuropäischen Halbglatze gehöre ich nicht zum idealen Kundenklientel dieser exotischen Läden.

Auf den Gehwegen findet, wie immer am frühen Morgen, die alltägliche Straßenreinigung statt. Aus einigen geöffneten Hydranten sprudelt kräftig das Wasser heraus, und einige Arbeiterinnen und Arbeiter der Stadtverwaltung kehren mit den typisch Pariser Reisigbesen den Dreck der Großstadtbevölkerung in die Rinne am Fahrbahnrand, wo er von der fauchenden Kehrmaschine gierig verschlungen wird. Freilich bestehen die besagten Reisigbesen schon lange nicht mehr aus echtem Reisig, sondern aus giftig grün aussehendem Kunststoff. Modern Times.

Schließlich erreiche ich die Porte Saint-Denis, eine Art Triumphbogen, der 1672 zu Ehren des Königs Louis XIV erbaut wurde, und als Vorbild für den großen Triumphbogen Arc de Triomphe de L´Étoile gedient hat. Wie immer befinden sich hier hunderte Stadttauben, und wie immer haben unter dem Bauwerk und auf den umliegenden Gittern der Abluftschächte der Métro dutzende Obdachlose übernachtet.
Es ist nicht gerade die feinste Gegend der Stadt, aber es doch irgendwie sehr lebendig, bunt; und ja, vielleicht sogar etwas liebenswert.

Ein paar Schritte weiter erreiche ich die Métro Station Strasbourg / Saint - Denis. Viele Eingänge zu den Métro-Stationen in der Stadt wurden Anfang des 20. Jahrhunderts im Stil der „Art Nouveau" von dem berühmten Architekten Hector Guimard entworfen. Die Gitter bestehen aus ineinander verschlungenen Ranken und sollten an alte japanische Pagoden erinnern. Sie sind, ebenso wie die reich verzierten und phantasievollen Laternen, aus grünem Gusseisen gefertigt. In meiner Kindheit wurden sie noch mit Gas beleuchtet. Heute leuchten sie elektrisch, aber sonst ist alles unverändert. Diese Eingänge wirken wie aus einer anderen, längst vergangenen, romantischen Epoche, und sie sind wirklich schön anzuschauen. Auf die Spuren Guimards trifft man noch öfter in der Stadt, zum Beispiel wurde auch die Synagoge im Marais von diesem genialen Architekten entworfen.

Also gehe ich die Stufen hinunter in die quirlige Unterwelt der Metropole. Es ist immer irgendwie stickig hier unten und der Geruch ist nicht gerade einladend. Aber die Métro ist nun mal preiswert und schnell. Für einen Euro vierzig komme ich durch die ganze Stadt und lasse den lärmenden Dauerstau oben.
Nach einigen Gängen erreiche ich den Bahnsteig der Linie vier in Richtung Porte de Clingancourt, im Norden der Stadt. Ich quetsche mich in den viel zu vollen Zug und achte peinlich genau auf mein „Werkzeug", denn diese Linie ist berühmt-berüchtigt für ihre Taschendiebe. Mein Werkzeug, das ist meine Kameraausrüstung. Meist arbeite ich freiberuflich für ein kleines regionales Magazin, das mir Aufträge erteilt.
Nach kurzem Halt und dem Signal schließen die Türen und die Fahrt geht los. Diese Linie ist eine der alten Linien, die auf normalen Gleisen laufen, und noch von einem Menschen gesteuert werden. Andere Linien laufen ja auf Luftreifen, und we-

nige fahren ja inzwischen sogar ganz ohne Zugpersonal, wie durch Geisterhand gesteuert, durch das riesige System von Tunneln.

Und so rast nun dieser lange von Menschenhand geschaffene Wurm aus Stahl, Aluminium und Glas mit ordentlich Tempo auf den alten Gleisen durch die Gedärme dieser Großstadt, prall gefüllt mit Menschen aller Hautfarben, aller Religionen und aller Weltanschauungen. Arme und Reiche, Schwarze und Weiße, Erfolgreiche und Hoffnungslose, Glückliche und Unglückliche, zusammengepfercht in einer kleinen Schicksalsgemeinschaft für ein paar Minuten.

Dass die Métro, eigentlich Chemin de Fer Métropolitain, schon über hundert Jahre alt ist, merkt man an den Gleisen. Es quietscht, rattert und stößt gewaltig, und manche Touristen wirken etwas blass um die Nase. Die im Sommer unerträglich heiße und schwüle Luft hier unten tun ihr übriges.

An der Porte du Clingancourt angekommen, mache ich mich zu Fuß weiter auf den Weg nach Norden. Im Reparaturcafé, wo ein freundlicher alter Elektriker aus diesem Quartier für eine kleine Spende an das gemeinnützige Café Haushaltsgeräte repariert, halte ich gerne auf einen kleinen

Café und ein Schwätzchen an. Danach geht's weiter zu dem Ort meines heutigen Auftrages, den weltberühmten Flohmarkt „Marché de Puces Saint-Ouen"! „Schwarz-weiß Impressionen des Marktes" festhalten, lautet mein heutiger Auftrag. Ich beginne mit dem Ursprung und Herzstück des Marktes, dem „Marché Vernaison" mit seinen gut 300 Ständen. Hier gibt es alles Mögliche, von Schmuck, Geschirr und Besteck, alter Kleidung, alten Zeitungen und Magazine, Spielzeug, Asiatika, Gemälde, bis hin zu Trödelware. Inzwischen gibt es rundherum sechs weitere Märkte.

Mit den urigen und teilweise etwas kauzigen Standbetreibern komme ich meist schnell ins Gespräch. Die meisten freuen sich über das Interesse an ihren Sortimenten. Nur einige wenige machen auf wichtig und weisen mit einem „no photo" Schild schon am Eingang darauf hin, dass Fotografieren hier unerwünscht ist. Aber es gibt genug interessante Motive, und die Speicherkarte füllt sich mit vielen Fotos.
Bei solchen Gelegenheiten lasse ich die doch etwas große und klobige Nikon zu Hause, oder in der Tasche. In solchen Situationen nehme ich gerne die sehr handliche Olympus mit einer sehr kompakten und lichtstarken Festbrennweite. Das hat den Vorteil, dass dieses kleine Equipment

nicht so bedrohlich wirkt, und ein Blitz wird auch nicht benötigt.
Und so drehe ich meine Runden, mache meine Fotos, und die Zeit vergeht im Fluge.

Ich habe noch keine Lust nach Hause zu fahren, um die Bilder für die Redaktion auszuwählen und zu versenden. Kurz entschlossen fahre ich mit der Métro über Barbès Rochechouart nach Nation, am Place de Nation, im Südosten der City. Von hier aus fahre ich ab und zu einfach nur so zum Spaß mit der Métro. Spaß und Métro? Ist doch ein Widerspruch, oder? Ja, normalerweise schon! Aber hier startet die Linie Nummer sechs mit dem Ziel Charles de Gaulle Étoile im Nordwesten der City, und diese Linie wird überirdisch geständert bis zur Seine geführt, fährt dann über die architektonisch interessante und wunderschöne Brücke von Bir-Harkeim, bevor sie endlich vor der Station Passy im Untergrund verschwindet. Diese Linie ist normalerweise nicht ganz so voll, und sie bietet immer wieder schöne Ausblicke auf die Stadt. Es gibt schöne Stadthäuser zu entdecken, helle, oberirdische, auf gusseisernen Säulen ruhende Bahnhöfe, und schließlich einen schönen Blick auf den Eiffelturm und die Seine. Eine preiswerte kleine Stadtrundfahrt! Ich mag das. Immer wieder.

Am Trocadéro steige ich aus und möchte eigentlich die Linie Nummer neun nach Hause, zur Station Strasbourg Saint-Denis, nehmen, aber entschließe mich aber spontan noch mal auszusteigen. Das Wetter ist angenehm und das Licht der untergehenden Sonne warm und weich. Ich mag die Architektur des Trocadéro, und der Ausblick von hier oben auf den Eiffelturm ist echt schön.

Ich schlendere gemütlich und zufrieden mit mir und der Welt auf dem großen Platz zwischen den beiden Gebäuden des Palais Chaillot herum. Wie üblich bieten mindestens 30 meist schwarze Verkäufer den Eiffelturm als Souvenir an: Vom kleinen Exemplar für den Schlüsselbund für einen Euro bis hin zum kitschigen Monster inclusive blinkender LED-Beleuchtung gibt es den bekannten Turm zu erwerben. Überall sind verliebte Pärchen auf dem Platz, meist auf der Suche nach der besten Position für ein Selfie. Dazwischen ich - allein. Ich komme zwar alleine ganz gut zurecht, und bin auch recht zufrieden so, aber wäre es nicht schön, wenn... ja wenn da mal „Jemand wäre"...
Ist aber nicht. Egal. Es ist, wie es ist, und das ist okay so.

Kann man einen Blick spüren? Eigentlich nicht, dachte ich bisher. („Eigentlich" ist ein hässliches Wort, dass ich nicht mag und eigentlich wollte ich eigentlich in meinem Text vermeiden. Hat nicht geklappt.)

Also, kann man einen Blick spüren? Seit heute glaube ich daran, dass man es kann! Spontan schaue ich nach Rechts, und zwei Blicke treffen sich! Da steht sie, und sie schaut mir in die Augen, und lächelt sanft. Ihr Blick fesselt mich, und ich frage mich, ob ich gerade sehr dusselig aus der Wäsche schaue, oder einigermaßen „normal". Ich schaue als Fotograf vielen Menschen in die Augen, aber der Blick in Ihre Augen ist anders. Ich werde etwas nervös. Aber wer ist „Sie", wie soll ich Sie beschreiben?
Erraten, „Sie" ist eine Frau! Aber Spaß beiseite. Sie ist so ungefähr einen ganzen Kopf kleiner als ich, leicht gebräunter Teint, mittellanges, anscheinend naturgelocktes, dunkles Haar, graugrüne Augen, und einen Mund mit einem hinreißenden Lächeln.
Sie trägt Blue-Jeans mit einem schwarzen Ledergürtel, einen offenen beigefarbenen Trenchcoat, darunter ein schlichtes weißes Hemd, und auf dem Kopf ein auberginefarbiges Barett.
Durch den leichten und glatten weißen Stoff des Hemdes schimmert ganz zart die Stickerei ihres BHs durch. Ganz schlicht, ganz edel, ganz klassisch - und doch

durchaus sexy. Der maskuline Look unterstreicht ihre Schönheit. Die Lady hat Geschmack, denke ich. Und sie hat es nicht nötig sich irgendwie aufzudonnern.

Sie hat „ihren Style", und der gefällt mir echt gut. Sie ist anders, und das finde ich gut. Coole Lady.

Der äußere Eindruck ist nun mal der erste Eindruck, den wir von einem Menschen haben, und als Fotograf beobachte ich sehr genau und habe einen Blick für Details.

Aber was, oder genauer gesagt wer, ist hinter der Fassade? Ich will diese Lady kennenlernen. Ich muss Sie einfach kennenlernen! Leichter gesagt als getan. Wie geht das noch mal…? Jetzt bloß keinen plumpen Anmach-Spruch, sonst war's das!

Fest entschlossen die Dame kennenzulernen, gehe ich auf sie zu, und sage artig „Bonsoir, Madame". Sie erwidert, ebenso artig, „Bonsoir, Monsieur". Und jetzt? Sekunden kommen mir wie Minuten vor. Wie weiter? Gleich wird sie sich umdrehen und gehen. Chance verpasst, fertig! Spontan sage ich einfach „Fotografieren ist Spielen mit Licht". „Wie bitte?" sagt sie. Ich antworte dass sich das Licht der untergehenden Sonne in Ihren Augen spiegeln würde, und dass ich Fotograf sei, und daher auf so etwas achten würde. Und überhaupt, sie hätte so schöne Augen! Von mir selber überrascht, dass ich Ihr ein Kompliment gemacht habe, merke ich, wie mir etwas wärmer wird. Anscheinend werde ich etwas rot. Ist das jetzt peinlich, oder ist es einfach nur menschlich? Als ich bemerke, dass auch Sie leicht errötet, beginnen wir Beide spontan zu Lachen. Puh, gut gegangen bisher. Wir lächeln uns an, und ich denke an das Zitat „Ein Lächeln ist die kürzeste Entfernung zwischen zwei Menschen". Stimmt genau.

Es entwickelt sich eine sehr angenehme Konversation, während sich allmählich das Dunkel der Nacht über die riesige Stadt legt. Der Eiffelturm vor uns wird nach und nach beleuchtet. Mal glitzert er in verschiedenen Farben, mal ist er einfach nur weiß beleuchtet. Wir reden über alles Mögliche, über „unsere Stadt", und über die Olympischen Spiele, die im Jahr 2024 in Paris stattfinden sollen.
Wir lachen viel, und Ihre lebendige Art tut mir richtig gut. Diese Frau zieht mich an, und ich wehre mich auch nicht gegen die Gefühle, die in mir aufkeimen, sondern genieße die Situation.

Zufällig berühren sich unsere Hände für eine Sekunde, und es ist wie Magie. Unsere Blicke treffen sich und wir schauen uns nur stumm an. Ich sehe in Ihre Augen - ganz tief, ganz intensiv, ganz lang. Ich schaue in Ihre Augen und sie kommen wir vor, als würde ich in einen tiefen, klaren Vulkansee schauen, in einen See voller Geheimnisse, die ich unbedingt entdecken möchte.

Und es kommt mir so vor, als sei alles plötzlich leichter, heller und schöner als vorher. Ist das Liebe auf den ersten Blick? Gibt's das überhaupt? Wie ist so etwas möglich, so eine Achterbahn der Gefühle? Und das in unserem Alter? Wir sind doch keine Jugendlichen mehr!

Aber die Uhren drehen sich weiter - gnadenlos!

Die Zeit vergeht viel zu schnell, so wie die Zeit immer zu schnell vergeht, wenn es am schönsten ist.

Sie müsse morgen sehr früh aufstehen, und muss deshalb jetzt unsere Unterhaltung abbrechen und nach Hause fahren. Unsicher frage ich Sie, ob es ein Wiedersehen geben könne. Ohne Zögern gibt Sie mir ihre Telefonnummer, die ich sogleich in mein Smartphone tippe und unter ihrem Vornamen „Marie" speichere.

Wir verabschieden uns und unsere Wege trennen sich.

Glücklich und aufgeregt wie ein Kind an Weihnachten gehe ich hinunter in die Métro-Station, und nehme die Linie 9 in Richtung Marie de Montreuil, die auch zu meiner Station Strasbourg / Saint - Denis führt. Der Zug ist gut gefüllt, aber ich kann mich noch dazwischen quetschen.

An meiner Station steige ich quietschvergnügt aus und gehe leichten Schrittes die Rue du Faubourg Saint - Denis hinauf in Richtung meines Appartements.

Viel zu aufgedreht um jetzt gleich schon ins Bett zu gehen, kehre ich kurz entschlossen in meine Brasserie, ins Au Faubourg ein. Schließlich muß ich André sogleich von meinem Erlebnis, ja von meinem Glück berichten!

Der Abend dauert noch lange, und bei einigen Gläsern Stella Artois erzähle ich André jede Einzelheit meiner Begegnung mit Marie. Ich beschreibe Ihre Schönheit so detailliert, Ihre Sprache so genau, und Ihren Geruch so präzise, bis André Sie praktisch vor sich sehen und riechen kann. Ein guter Fotograf achtet eben auf jedes Detail. Ein guter Fotograf muss achtsam sein.

Glücklich, zufrieden und hundemüde gehe ich um die Ecke ins Haus und fahre mit dem klapprigen Aufzug nach oben, unters Dach in mein schäbiges kleines Appartement.

Ich falle in mein Bett und schlafe sehr gut in dem Rest dieser Nacht. Selbst die durchgelegene Matratze stört mich heute nicht.

II.

Nach einer angenehmen Nacht mit tiefem Schlaf wache ich am nächsten Morgen gut gelaunt auf.

Ein fröhliches Liedchen pfeifend flitze ich ins Bad und während ich dusche, fallen mir viele schöne französische Chansons ein, bei denen es um das Thema Liebe geht.

Es geht mir gut und ich fühle mich großartig hier in meiner Stadt, in Paris, in der Stadt der Liebe!

Irgendwie fühle ich mich wie neu geboren. Wie ist so etwas nur möglich? Egal, es fühlt sich gut an. Eine zufällige Begegnung hat mein Leben verändert. Eine neue, glücklichere Zeit bricht an, glaube ich.

Sauber und erfrischt von der Dusche suche ich in der Hosentasche meiner Jeans nach meinem Smartphone, um den Kalender zu checken und um die E-Mails von der Redaktion abzurufen.

Aber die Tasche ist leer. Bestimmt ist das Smartphone beim ausziehen aus der Tasche gefallen, denke ich.

Doch ich sollte mich irren. Obwohl ich die ganze Bude auf den Kopf stelle, bleibt es verschwunden. Mir wird heiß und kalt zugleich. Meine Kontakte weg, die E-Mails weg, und vor allem: Die Nummer von Marie ist weg! Einfach weg! Das kann doch nicht wahr sein!

Aufgeregt springe ich in meine Klamotten und rase die Treppe nach unten, und dann in die Brasserie zu André. Habe ich das Handy hier verloren? Irgendjemand muß es doch gefunden haben! Mein Herz schlägt mir bis zum Hals. Ich frage Clodette, die hier schon seit Jahren putzt, aber auch sie hat nichts gefunden.

Nach kurzem Nachdenken fällt es mir ein: Die volle Métro auf dem Heimweg, das Gedränge - die zwei merkwürdigen Typen. Jetzt ist es mir so ergangen, wie so vielen anderen vorher, wie so vielen Touristen vorher in dieser Stadt: Taschendiebe haben zugegriffen! Mein Phone ist weg, definitiv weg! Und mit ihm die Nummer von Marie. Wie soll ich sie finden? Werde ich sie jemals wieder sehen? Ich bin verzweifelt.

III.

Kann die Seele weh tun? Warum passiert mir das? Welchen Sinn hat das? Wie fühlt sich Sehnsucht an? Fragen über Fragen gehen mir durch den Kopf und dunkle Gedanken haben die Herrschaft über mich errungen.

Kann es sein, das ich diese bunte Stadt, meine bunte Stadt, auf ein mal nur noch schwarzweiß ist? Kann es sein, daß die Blumen nicht mehr duften? Kann es sein, daß mir nichts mehr schmeckt? Es kommt mir vor, als sei ich meiner Sinne beraubt worden, zumindest der Sinne für alles Schöne und Angenehme.

Lähmend langsam und monoton vergeht Tag um Tag. Irgendwie paralysiert schleppe ich mich durch den grauen Alltag. Das ist kein Leben mehr, das ist Dahinvegetieren.
Selbst bei André in der Brasserie war ich schon Tage nicht mehr. Ich möchte mit niemand reden, es würde mich sowieso niemand verstehen, auch er nicht.

Mitten im schwülen Sommer fühle ich mich kalt, mitten in einer Millionenstadt fühle ich mich einsam. Ich habe keinen Blick mehr für das Schöne, und auch das Fotografieren will nicht mehr klappen.

Routiniert, aber emotionslos und ohne Spaß arbeite ich die Aufträge der Redaktion ab.

Zu allem Überfluss soll ich eine Fotoserie von dem weltbekannten Friedhof Père Lachaise machen. Dieser 45 Hektar große, parkähnliche Friedhof wurde im 19. Jahrhundert im 20. Arrondissement angelegt. Er besteht aus unzähligen alten Grabmälern, die teilweise reich verziert und mit Statuen versehen sind. Man kann skurrile Dinge sehen, wie einen riesigen Sensenmann vor einer Gruft, und rührende Kindergräber mit Darstellungen der Verstorbenen.
Es ist romantisch und gruselig zugleich hier.
Einige bekannte Persönlichkeiten sind hier begraben: Jim Morrison, der Sänger der Doors, oder Edith Piaf, *die* typisch französische Sängerin.
Auch der Dichter Oscar Wilde, der Komponist Frederic Chopin, und die Schriftsteller de Balzac und Molière ruhen hier.

Ein ganz besonderer Mann fand hier seine letzte Ruhestätte: Der Architekt und Stadtplaner Georges-Eugène Haussmann, der Paris prägte, wie kaum ein anderer. Er plante zum Beispiel die Anordnung der Boulevards, die in den riesigen Kreisverkehr Place de l'Étoile münden.

Eher skurril ist die Grabstätte eines zu Lebzeiten eher unbekannten Mannes, die von Victor Noir. Auf diesem Grabmal liegt die lebensgroße Bronzestatue des noch recht jungen Mannes. An einer Stelle, so etwa im Bereich der Genitalien, ist sie etwas zu groß geraten...

Heute soll angeblich das Anfassen dieser Beule im Genitalbereich Glück in der Liebe bringen, und in der Tat: An dieser Stelle ist die Statue nicht grünlich verwittert und patiniert, sondern blitzblank.

Und so vergeht wieder ein Tag und emotionslos mache ich meine Fotoserie fertig. Wieder ein Tag, an dem ich mich einsam gefühlt habe. Wieder ein Tag, der mir sinnlos und verloren erscheint.

IV.

In der Redaktion ist mal wieder ordentlich was los. Die Redaktionskonferenz steht bevor und die Zeit drängt. Die neue Ausgabe muss schon Morgen in Druck gehen, und wie immer drehen alle Redakteurinnen und Redakteure am Rad. Jeder will seine Beiträge und Artikel gut unterbringen. Fotomaterial wird kritisch gesichtet und beurteilt, und nur ein Bruchteil schafft es in die neue Ausgabe.

Als freier Fotograf hat man es sowieso schwer in der digitalen und ultra schnelllebigen Zeit von Heute. Dutzende Fotoagenturen und internationale professionelle Fotobörsen bieten den Redaktionen für kleines Geld „Fotos ab Lager" von allem Möglichen an. Selbst Foto-Flatrates werden angeboten! Viele freie Fotografen, so wie ich, kommen nur gerade so über die Runden und müssen jegliche Art von Kleinaufträgen übernehmen. Manche haben auch ihre Informanten bei der Gendarmerie, der Police Municipale und den Pompiers (Feuerwehr), oder hören deren Funk ab, und hoffen auf spektakuläre Fotos von Unglücken. Schlechte Nachrichten verkaufen sich am besten, und es gilt die internationale Presseweisheit „only bad news are good news". Traurig, aber wahr.

Aber glücklicherweise gibt es bei diesem Magazin immer wieder anspruchsvollere Aufträge aus dem kulturellen Bereich, bei denen Wert auf Qualität gelegt wird.

Also gebe ich den Speicherstick mit meiner Fotoserie über Père Lachaise Louise, der zuständigen Redakteurin, und hoffe auf zahlreiche Veröffentlichungen.

Louise ist eine dieser ständig etwas überdrehten jungen Frauen, die man in allen Metropolen dieser Welt findet - oft hübsch anzuschauen, aber ebenso oft dauernervös, anspruchsvoll und eitel.

Typischerweise tragen sie in der Métro oder im Bus auf dem Weg in die Büros Sportschuhe der bekannten überteuerten Marken zu ihren Designerkostümen, um dann, kurz vor der Arbeitsstätte, die in einer Tasche mitgeführten High-Heels anzuziehen.

Ebenso wie ich ist Louise schon einige Zeit ein Single und hat mich auch schon mal zu einem Feierabend-Cocktail einladen wollen, was ich jedoch nicht wollte.

Warum auch immer, heute Morgen schaue ich mir Louise genauer an. Ihre lockige rote Mähne fällt wild über den Kragen der eleganten, tiefschwarzen Bluse. Ein schöner Kontrast, denke ich mir. Typisch Fotograf. Die oberen Knöpfe der Bluse sind so weit geöffnet, daß der schwarze BH gerade so ein wenig zu sehen ist. Dazu trägt sie einen hellgrauen, knielangen Rock aus feinstem Wollgarn und einen schmalen, roten Gürtel. Der Rock sitzt wirklich perfekt und dokumentiert ihre echt gute Figur. Kerzengerade sitzt sie auf ihrem Bürostuhl und lächelt mich lasziv an. Sie ist sich ihrer weiblichen Attraktivität sehr bewußt, und sie spielt geschickt mit ihren Reizen. Sie ist die Spinne mit ihrem Netz, und ich bin das Opfer. Sie ist die Straßenlaterne in der Nacht - und ich bin die Motte, die unbeirrt in das Licht fliegt.

„Lust auf einen Drink mit mir heute Abend?", fragt sie mich mit ihrer hellen Stimme, während Sie ihre Bluse etwas nach unten straff zieht, so dass ihre weiblichen Attribute so richtig sexy zur Geltung kommen. Heute hat sie Erfolg, denn ich sage ohne zu zögern ja und wundere mich anschließend selbst über meine spontane Zusage.

Gemeinsam besprechen wir noch die Fotoserie und die Texte für die einzelnen Bilder. Die Zeit vergeht im Flug und schon bald ist es Abend und die Räume der Redaktion leeren sich.

Wir verabreden einen Treffpunkt für später und machen auch Schluss für Heute.

V.

Es ist 20 Uhr und ich erreiche den verabredeten Treffpunkt, das „Café des Fleurs", ganz in der Nähe des Boulevards Saint Michel, südlich der Seine, in der Nähe der Universität Sorbonne. Eines der besseren Quartiere der Stadt. Louise ist schon da. An einem dieser typischen kleinen runden Bistrotische sitzt sie und hat schon ein Glas vor sich stehen. Sie trägt noch immer den verdammt gut sitzenden Rock und die elegante schwarze Bluse, die sie mit einem leuchten blauen Tuch aus feiner Seide ergänzt hat. Scheinbar hat Sie bemerkt, dass mir der Look gefällt. Ihr Make-up ist geschmackvoll und nicht zu aufdringlich. Viele Pariserinnen haben ein gutes Talent dafür. Und auch in Sachen Parfum beweist Louise guten Geschmack, denn sie duftet verführerisch gut. Könnte es „Soleil" von Fragonard sein, rätsele ich. Vielleicht. Jedenfalls ist es kein aufdringlich riechender, chemischer Cocktail, wie er heutzutage von einigen modernen und bei der Jugend beliebten Marken angeboten wird. Es ist ein natürlicher Duft, sicherlich von einem der traditionellen französischen Parfumeure aus Grasse, die die Kreationen ihrer „Nasen", so nennt man die wenigen Genies, die die Düfte aus bis zu 200 verschiedenen Komponenten kreieren, in edlen Läden auf der Avenue des Champs-Elysées vertreiben.

Louise trinkt einen Campari-Orange, und ich bestelle mir einen Americano, einen Cocktail aus Campari und einem Martini rosso. Mit etwas Eis ein sehr erfrischender Sommer-Cocktail.

Nach einer anfänglichen Angespanntheit und einigen wortkargen Minuten entwickelt sich ein angeregtes Gespräch. Wir unterhalten uns über die Regierungspolitik von Emanuel Macron und über die Protestbewegung der „Gilet jaunes" (Gelbwesten), die mit ihren Protestaktionen und Blockaden immer wieder den ohnehin fast kollabierenden Straßenverkehr der Stadt zum völligen Erliegen bringen.
Auch die Pläne der Pariser Bürgermeisterin Anne Hidalgo, die Autos weitgehend aus der Stadt verschwinden zu lassen, sind ein emotionales Gesprächsthema.
Es folgt noch der ein oder andere Drink, und die Zeit schreitet voran.

„Ich wohne gleich um die Ecke. Bringst du mich noch nach Hause?", fragt sie mich mit ihrer mir lange vertrauten hellen Stimme. „Aber selbstverständlich!", erwidere ich knapp. Man(n) ist ja einer Dame gegenüber höflich und hilfsbereit.

Ihr Heimweg führt uns vorbei an der großen Brunnenanlage „Fontaine de Saint-Michel" zur Rue Danton, wo wir schließlich das Haus mit ihrem Appartement erreichen. Noch bevor ich mich verabschieden kann, lädt sie mich mit den Worten „komm noch kurz auf einen Espresso mit rauf" zu sich ein.

Nach dem Espresso folgte noch eine Flasche Côtes-du-Rhône, die Stimmung ist gelöst, und schließlich geschieht in dieser Nacht, was geschehen musste.

Langsam wird es hell und allmählich erwache ich.

Aber es ist nicht mein Appartement, in dem ich aufwache. Neben mir liegt Louise. Sie schläft noch fest, und ich erinnere mich an die Geschehnisse der vergangenen Nacht.

Hat sie mich benutzt, oder ich sie, frage ich mich.

Ich denke zu viel! Es war eine Angelegenheit zwischen zwei erwachsenen Menschen, eine freie Entscheidung, ohne Zwang.

Ja, es war Lust, aber Liebe war und ist es nicht.

Plötzlich muss ich an Marie denken, und ich schäme mich dafür, was in dieser Nacht geschah. Was geschehen ist, passt nicht in mein Weltbild, passt nicht zu meinen Werten.

Inzwischen ist auch Louise erwacht, und ich glaube, daß sie spürt wie ich empfinde. Mehr oder weniger wortlos trinken wir unseren Café. Dann verabschiede ich mich und wir sind uns einig, daß diese „Sache" unter uns bleibt.
Es war ein kurzes Abenteuer - mehr nicht.

Ich fahre mit der Métro Linie 4 nach Hause und meine Gedanken sind bei Marie.

VI.

Nach langen Wochen sitze ich zum ersten Mal wieder in der Brasserie am Tresen und plaudere mit André, der mit geschickten Händen die Gläser poliert und kleine Schälchen mit Chips oder Erdnüssen füllt. Bei ihm gibt es immer was zum Knabbern zu den Getränken. Kein Wunder, daß ich nicht abnehme, obwohl ich es mir schon tausend Mal vorgenommen habe. Ich muss aufpassen, sonst spannt mein Lieblingshemd über den Bauch und das sieht ja nun wirklich nicht gut aus.
Der Alltag hat mich wieder, und man sagt ja: „die Zeit heilt alle Wunden".

Mit den Aufträgen für das Magazin klappt es ganz ordentlich, und auch die Zusammenarbeit mit Louise hat nicht unter den Nachwirkungen unseres kurzen Abenteuers gelitten. Professionell machen wir unsere Arbeit, und keiner ist dem Anderen böse, und ich bin sehr froh darüber.

Dass ich Marie jedoch wohl nie mehr wiedersehen werde, damit finde ich mich so langsam ab. Es wäre ja auch ein zu großer Zufall, wenn ich ihr in einer solch großen Stadt wieder begegnen würde.

Wahrscheinlich hat sie mich sowieso längst vergessen, oder sie ist stinksauer auf mich, weil ich mich nicht mehr bei ihr gemeldet habe. Wie soll sie auch ahnen, dass mir mein Handy mitsamt ihrer Telefonnummer geklaut worden ist? Die Geschichte ist ja auch zu verrückt. Oder ist sie genauso traurig wie ich? Denkt sie vielleicht doch noch an mich, so wie ich an Sie? Wie stark waren ihre Gefühle? Ich werde es wohl niemals erfahren.

Das Leben geht weiter.

Mein nächster Auftrag von der Redaktion betrifft das Palais Challiot am Place du Trocadéro. Ausgerechnet den Ort, wo der Zufall Marie und mich für ein paar wunderschöne Momente zusammengebracht hat. Das nennt man wohl die Ironie des Schicksals.

Also mache ich mich auf den Weg zum Ort meines neuen Auftrages. Das Palais Challiot wurde 1937 für die Weltausstellung gebaut. Es besteht aus zwei großen Gebäuden, die jeweils in etwa die Form eines Viertelkreises haben. Dazwischen befindet sich der große Platz, und weil das sehenswerte architektonische Ensemble etwas erhöht auf einem Hügel steht, wirkt es um so majestätischer und bietet einen herrlichen Blick auf den Eiffelturm. Über zwei große geschwungene Treppen geht es hinunter Richtung Seine.

Zwischen den Treppen ist der gewaltige Brunnen mit seinen mächtigen Fontänen, und neben den Treppen erstrecken sich Parkanlagen, die zum Verweilen einladen.

Im Palais gibt es wechselnde Ausstellungen aus den Bereichen Kunst und Kultur.

Reizvolle Motive gibt es hier reichlich, zum Beispiel die beiden Reihen mit den großen goldenen Statuen in der Gestalt schöner junger Frauen, die den Platz in der Mitte flankieren.

Im Brunnen befinden sich Tierdarstellungen verschiedener Art, und so ist es für mich kein Problem eine umfangreiche Fotoserie anzufertigen. Wie immer bin ich sehr gespannt, was die Leute vom Magazin daraus machen und wie der fertige Artikel aussieht.

Und wie immer habe ich die Zeit vergessen. Immer, wenn ich mich mit all meiner Achtsamkeit der Fotografie widme, vergesse ich Zeit und Raum. Ich gehe vor und zurück, um für jedes Motiv die passende Perspektive zu finden. Manchmal liege ich flach auf dem Boden, egal wieviel Menschen um mich herum laufen, nur um den optimalen Blick zu finden. Wenn nötig, wird auf Mauern geklettert, soweit meine Figur es noch zuläßt…

Ein guter Fotograf muss beweglich sein, und da ich noch aus der Zeit komme, in der Zoom-Objektive teuer und selten waren, kenne ich es nicht anders. Und einen Sucher müssen meine Kameras haben, am besten einen optischen. Ohne Sucher geht bei mir gar nichts, und das Klapp-Display nutze ich lediglich, wenn ich „über Kopf" fotografieren möchte, oder ein Foto diskret „aus der Hüfte" schießen will.

Gelegentlich, wenn ich so bei der Arbeit bin, erinnere ich mich an meine Anfangszeiten in Sachen Fotografie.
Mit einer analogen Minolta SR-t 100x, ältere Fotografinnen und Fotografen werden sich vielleicht noch dunkel daran erinnern, fing alles an. Sie war klobig, sie war schwer, aber sie war robust und zuverlässig. Feuchte Luft konnte ihr nichts anhaben, denn außer einem einfachen Belichtungsmesser befand sich keinerlei Elektronik in dem Gehäuse.
Vor jeder einzelnen Aufnahme musste die Belichtung gemessen, und dann Blende und Verschlußzeit manuell eingestellt werden. Vor allen Dingen musste man auch wissen, welche Einstellungen das spätere Bild beeinflussen würden. Autofokus war noch nicht erfunden, sodass auch hier ein gutes Auge, Handarbeit und Schnelligkeit gefragt waren.
Dann die Sache mit den Filmen… wie genügsam man sein musste! Ein sechsunddreißiger Film war schnell voll!

Das Ergebnis sah man freilich erst im La-
bor, genauer gesagt in der Dunkelkammer.
Noch gut erinnere ich mich an die Zeiten
in meiner kleinen, provisorischen Dunkelkammer! Erst die Negativ-Entwicklung.
Einfädeln des Filmes nur in absoluter Dunkelheit! Ein kurzer Lichtstrahl - und Alles
war futsch! Danach die „Vergrößerung",
was bedeutet, dass man den fertig entwi-
ckelten und getrockneten Negativ-Film-
streifen mit einem Vergrößerer auf Fotopapier belichtet, um dann wiederum jedes
einzelne Foto in drei Schritten zu entwi-
ckeln. Erst ins Entwicklerbad, wo es stets
der spannendste Moment war, wenn auf
dem ursprünglich weißen Papier langsam
das Bild zum Vorschein kam - oder auch
nicht! Dann ins Stoppbad, und schließlich
ins Fixierbad. Zum guten Schluss wurden
die Bilder gewässert und das Wasser ab-
gestreift, was ich - aus Sparsamkeit und
Geldknappheit - mit einem Scheibenwi-
scher vom Auto gemacht habe. Am Ende
hingen dann die Fotos, wie Wäsche auf
der Leine, kreuz und quer zum Trocknen in
meinem Appartement herum.

Und heute? Klick - ein Digitalfoto, sofort
anschauen, oder löschen, und wieder
klick, das nächste. Und auf eine Speicherkarte, so klein wie ein Daumennagel, pas-
sen hunderte, wenn nicht sogar tausende
Fotos drauf! Wenn mir das damals jemand

erzählt hätte, hätte ich es niemals für möglich gehalten.

Und so gibt es heute eine Inflation, ja eine Sintflut an Fotos, und wahrscheinlich ist nur ein Bruchteil davon es wert, überhaupt länger als eine Sekunde angeschaut zu werden.

Zu viele Worte, zu viele Fotos, zu viele Menschen, und ich will nur einen Menschen - Marie!

Vergiss es, sage ich zu mir selbst. Es wird ja doch nichts draus, denke ich resigniert, während im Radio das traurigste Lied, dass ich kenne, läuft: „Ne me Quitte pas" von Jaques Brel.

VII.

Wieder ein neuer Tag, und wieder sitze ich in der Métro, um in die Redaktion des Magazins zu fahren. Bereits in der Nacht zuvor habe ich die Bilder vom letzten Auftrag am Palais Chaillot per E-Mail zu Louise geschickt. Gemeinsam wollen wir heute eine Auswahl treffen und die Bildtexte besprechen. Routine. Nichts Besonderes.

Der Zug hat im Bahnhof „Bonne Nouvelle" gehalten. Was für ein schöner Name für eine Métro-Station, denke ich mir jedes Mal. Bonne Nouvelle - Gute Nachricht! Irgendwie romantisch. Gelangweilt schaue ich aus dem Fenster. Auf dem Nachbargleis stehen dutzende von Menschen wartend herum.
Plötzlich bleibt mein Blick an einer Person hängen, die ich jedoch leider nur von hinten sehen kann. Meine Augen sehen eine Frau, etwa einen Kopf kleiner als ich, bekleidet mit einem Trenchcoat und Jeans, auf dem Kopf ein Aubergine-farbenes Barrett, aus dem mittellanges, lockiges dunkles Haar herausschaut. Marie?
Die Türen meines Zuges sind noch offen, und wie von der Tarantel gestochen springe ich auf und versuche aus dem Waggon zu kommen. Zu viele Fahrgäste sind noch zwischen mir und der Tür, und der Warnton für die Abfahrt des Zuges ist schon er-

tönt! Ich rempele mich „excusez moi" rufend durch die Menschen, und während die Tür sich schließt, springe ich in den sich schließenden Spalt. Die Tür blockiert, öffnet sich wieder, und während einige Fahrgäste mich zurecht verfluchen und beschimpfen, stolpere ich auf den Bahnsteig, wo ich der Länge nach auf die Schnauze falle. Eilig renne ich die Treppe hinauf, über den Übergang, und die Treppe zum Nachbargleis herunter. Der Bahnsteig ist leer, und völlig außer Atem sehe ich nur noch die Rücklichter des ausfahrenden Métro-Zuges, der in die Dunkelheit der pulsierende Unterwelt dieser Großstadt verschwindet. Und mit ihm vielleicht auch... ich werde es wohl nie erfahren.

Enttäuscht, erschöpft, und von dem Sturz auf den Bahnsteig verdreckt gehe ich wieder zurück auf die andere Seite der Station, um meine Fahrt in die Redaktion fortzusetzen. Nicht mein Tag heute, denke ich.

In der Redaktion bemerke ich ein deftige Schürfwunde am Schienbein, und einige blaue Flecken. Auch Louise sieht sofort, dass etwas nicht stimmt, und Sie fragt, ob sie mir helfen kann. Ich erzähle ihr die ganze Geschichte, und in der Erwartung, dass Sie jetzt unsere kurze Affäre vor ein paar Wochen in einem anderen, viel nega-

tiveren Licht sieht und mich vielleicht be-
schimpft, tut sie etwas ganz unerwartetes:
Sie nimmt mich einfach nur kurz in den
Arm, drückt mich fest und versucht mich
zu trösten.
Ist ja doch ein toller Mensch, diese Louise,
denke ich danach. Sie hat anscheinend
Charakter, und ein großes Herz. Ich wün-
sche ihr von Herzen, daß sie wenigstens
den Partner fürs Leben findet, einen an-
ständigen Kerl, der es ehrlich meint, aber
auch stark genug sein muss, ihre gele-
gentlichen zickigen Ausbrüche auszuhal-
ten.
Wir lächeln uns an und machen routiniert
unsere Arbeit.

VIII.

Die Zeit verging und ich hatte in der Zwischenzeit das Glück, dass meine Fotoserien im Magazin bei der Leserschaft gut angekommen sind. Es sind sogar ein paar freundliche Leserbriefe und E-Mails von Leserinnen und Lesern in der Redaktion gelandet.

Ich freue mich sehr darüber, dass es doch noch Leserinnen und Leser gibt, die gute Fotos erkennen und sie wertschätzen.
Als Fotograf bleibt man sowieso normalerweise ein irgendwie unsichtbares, anonymes Wesen, es sei denn, man gehört zur absoluten Weltklasse.
Der Chefredakteur tritt in einem Magazin in Erscheinung, und einige Leute vom Redaktions- oder Reporterteam. Vom Fotografen kann man höchstens den Namen lesen, der in der Regel fast unleserlich klein gedruckt unter oder neben das Foto gequetscht wird.

Während ich den Boulevard Magenta hinaufspaziere, erinnere ich mich an eines meiner besten Pressefotos, eigentlich einen Schnappschuss, den ich hier am Boulevard gemacht habe. Es war an einem frühen Märzabend vor ein paar Jahren. Ich stand am Boulevard Magenta, und auf der anderen Straßenseite sah ich, wie die Ver-

käuferin eines Lebensmittelladens den Laden schloss und die Mülltonne auf das
Trottoir schob. Nur Sekunden nachdem die
Tonne da steht, stürzten sich fünf ältere
Herrschaften kopfüber in die Mülltonne,
um sie nach Lebensmitteln zu durchsu-
chen. Geistesgegenwärtig riss ich die kleine Olympus aus der Jackentasche und er-
wischte eine Lücke im Autoverkehr, um die
traurige Szenerie im Foto festzuhalten.

Das Foto wurde damals doppelseitig abge-
druckt und war ein trauriges Dokument für
die inzwischen weit verbreitete Armut in
meiner Stadt.

So, in Erinnerungen versunken bin ich also
auf dem Boulevard unterwegs, um im
Marché Quentin, einem der alten Marché
Couvert, einer überdachten Markthalle,
einzukaufen. Hier finde ich immer etwas
Leckeres, mal guten Käse, frischen Fisch,
oder ein gut gegrilltes Geflügel.

Während ich also mit dem netten, kugelrunden Käsehändler darüber philosophie-
re, ob nun der Geschmacksunterschied
zwischen einem Saint-Nectaire Lataire und
einem Saint-Nectaire Fermier wirklich her-
auszuschmecken sei, klingelt mein Tele-
fon. Es ist Louise, und Sie hat interessante
Nachrichten für mich: Auf den Erfolg meiner Fotos aufmerksam geworden, hat der
Chefredakteur nach Rücksprache mit dem
Verleger beschlossen, mich und meine fo-

tografische Arbeit in einer Art Home Story vorzustellen. Ich mal vor, statt hinter der Kamera? Das wird ein ungewohntes Gefühl werden, und ich bin schon sehr gespannt darauf. Also beende ich nach dem Telefonat meinen Einkauf bei meinem kugelrunden Käsespezialisten, um den Heimweg anzutreten. Doch bevor ich in mein Appartement gehe, kehre ich noch bei André in der Brasserie ein, um ihm von den unverhofften Neuigkeiten zu berichten. Wir verstehen uns zwar auch ohne Worte, der gute André und ich, aber manchmal haben wir uns ja auch was zu erzählen.

Nach einem kleinen Pastis und ein paar Gläsern Roten, schlendere ich gemütlich in mein Rattenloch, und ehrlich gesagt bin ich auch etwas stolz auf meine Arbeit.

In dieser Nacht habe ich vom Pulitzer-Preis geträumt, dieser US-amerikanische Journalisten- und Medienpreis ist bei Journalisten, Autoren und Fotografen genauso begehrt, wie der Oscar in der Filmindustrie. Bin ich jetzt Größenwahnsinnig, frage ich mich, als ich mich am Morgen an den Traum erinnere? Na ja, träumen wird man ja wohl noch dürfen, oder?

In den darauf folgenden Tagen beginnt dann die Arbeit an der Story über mich und meine Arbeit. Ich werde interviewt, es werden Fotos von mir geschossen und aus dem Archiv wird eine kleine „best of" Auswahl meiner Fotos erstellt. Es macht Spaß und ich bin schon gespannt, was daraus wird. Vor lauter Aufregung kann ich es kaum erwarten, die Ausgabe dann endlich gedruckt in den Händen zu halten.

Zwei Wochen später ist es soweit. Louise ruft an und berichtet mir, dass die Ausgabe mit meiner Story am nächsten Morgen an den Kiosken zu haben sein wird.

Voller Erwartung springe ich am nächsten Morgen schon sehr früh aus dem Bett, um zum kleinen Zeitungskiosk auf dem Boulevard zu laufen. In Paris gibt es noch recht viele dieser kleinen Kioske. In der Auslage fällt „mein" kleines Magazin, welches eher regional für den Großraum Paris gemacht wird, zwischen den großen Tageszeitungen und Zeitschriften kaum auf.
Ich kaufe ein Exemplar und entdecke auf dem Titelblatt einen kleinen Hinweis auf die Story über mich, versehen mit einem Foto von mir.
Dann kaufe ich noch ein weiteres Exemplar für André. Ein wenig stolz gehe ich zurück in mein Appartement.

IX.

In der Woche nach dem Erscheinen des Magazins mit der Story über mich weckt mich am Samstagmorgen das Klingeln meines Telefons. Ich bin sauer, denn eigentlich wollte ich heute ausschlafen. Auf dem Display sehe ich, dass es André ist, und ich hoffe für ihn, dass er einen guten Grund hat, mich zu wecken.

Etwas verschlafen und mürrisch gehe ich ran. Die Stimme von André klingt irgendwie etwas anders als sonst, irgendwie aufgeregt. „Was ist los?", frage ich ihn knurrend, „Warum weckst Du mich, alter Knabe?".

„Bei mir sitzt eine, ähm, sehr attraktive Dame", flüstert er leise, „die hat gefragt, ob ich Dich kenne". „Sonst nichts?", frage ich. „Sonst nichts." ist seine knappe Antwort. Ich bedanke mich für seine Information und beende das Gespräch. Bestimmt sitzt da unten irgendeine junge Nachwuchsfotografin, die die Hoffnung hegt, über mich Aufträge abzugreifen oder Kontakte zu Redaktionen zu bekommen.

Ich lege mich kurz wieder hin, beschließe aber dann, doch mal herunter um die Ecke in die Brasserie zu gehen, um zu schauen, wer da sitzt. Es könnte ja doch ein interessanter Kontakt sein. Also schlüpfe ich in meine Klamotten und gehe los.

Ich betrete die Brasserie. Sie ist schon gut besucht an diesen noch recht frühen Samstagmorgen. Am Tresen sitzen schon einige Leute bei Café und Croissants. André sieht mich, nickt und deutet nur mit dem Kopf auf das Ende des Tresens.

Ich gehe durch den Raum, und am Ende des Tresens sitzt eine Frau, die ich nur von der Seite sehen kann.

Sie ist etwa einen Kopf kleiner als ich. Sie hat mittellanges lockiges Haar. Sie trägt richtig knackig sitzende Jeans und dazu ein ganz schlichtes, weißes Hemd. Der Kragen ist lässig hoch gestellt. Erinnerungen kommen in mir hoch und mir wird ganz heiß.

„Bonjour, Madame", sage ich fast stotternd. Sie dreht sich um. „Bonjour, Monsieur", entgegnet Sie mit ruhiger Stimme.

Es ist Marie! Da sitzt sie nun vor mir. Einfach so.

Ich schaue in das schöne und markante Gesicht einer attraktiven Frau mit Lebenserfahrung, in schöne graublaue Augen, die viel Wärme ausstrahlen. Ihr roter Mund lächelt mich freundlich an, und ihre etwas wilde dunkle Mähne fällt locker über den lässig hochgestellten weißen Hemdkragen, was einen sehr schönen Kontrast ergibt. Der Kragen wirkt wie ein Rahmen für ihr schönes Gesicht, so wie der Rahmen für ein edles Gemälde. Die oberen Knöpfe sind geöffnet, und ein schöner BH schimmert ganz zart durch den weißen Stoff ihres Hemdes. Was für ein elegantes Wesen, denke ich und ich bemerke, daß auch andere anwesende Männer den ein oder anderen Blick aus sie riskieren. Sie fällt schon auf mit ihren schlichten Eleganz.

Da stehe ich nun vor ihr, bekleidet mit den Klamotten, in die ich eben eilig geschlüpft bin, in einer alten Jeans und einem ausgeleierten schwarzen T-Shirt, und habe wahrscheinlich gerade einen nicht sehr intelligenten Gesichtsausdruck.

Ich möchte etwas sagen, aber meine Kehle ist irgendwie wie zugeschnürt und ich kriege kein einziges Wort heraus. Ich bin einfach zu überrascht. Mir fehlen die Worte, und ich komme mir hilflos wie ein kleiner Junge vor.

Marie und ich schauen uns an - und schweigen.

Glücklicherweise unterbricht André die Stille und fragt mich nur knapp „Café?", „Café!" ist meine ebenso knappe Antwort.

Endlich sagt Marie etwas. „Erstaunt?", fragt sie mit einer betont coolen Mimik.

Du... wie kommst du... hier... woher weißt du wo ich... ich freu mich... echt total... stottere ich los, und möchte eigentlich im Boden versinken, weil mich bestimmt alle in der Brasserie - und ganz besonders Marie - für total bescheuert halten.

Nach einem weiteren Moment des Schweigens, der mir wie eine kleine Ewigkeit vorgekommen ist, lächelt sie mich an, sichtlich amüsiert von meiner Unsicherheit, und erzählt mir die Geschichte.

„Louise hat mir erzählt, wo ich Dich finden kann", sagt sie. Einigermaßen erstaunt fragte ich „Louise? Die Louise von dem Magazin für das ich arbeite? Woher kennst du sie?"
Ich bin wirklich erstaunt darüber, da wir bei unserer ersten Begegnung gar nicht über meine Arbeit gesprochen haben.

Dann berichtet mir Marie, dass sie durch einen reinen Zufall auf das Titelblatt vom Magazin mit dem Bericht über meine Arbeit aufmerksam geworden ist, und das kam so:

Ausnahmsweise war sie in dieser Woche mit dem Taxi in der Stadt unterwegs, weil die Métro wegen Protestaktionen der Gilet Jaunes wieder einmal nicht fahren konnte. Und so quälte sich das Taxi mit Marie durch den schleichenden Verkehr und kam im Stau neben einem Zeitungskiosk zum Stehen.
Gelangweilt schaute Sie aus dem Fenster auf die Zeitungen und Magazine in der Auslage. Nachdem sie die Titelblätter der großen Tageszeitungen und bekannten

Klatsch- und Modemagazine gemustert hatte, fiel ihr Blick auf das noch nicht so bekannte Magazin, das ziemlich ungünstig ganz unten platziert war, und entdeckte das recht kleine Porträt von mir. Sie sagte dem Taxifahrer, daß sie nun doch schon aussteigen wollte, zahlte schnell die angefallene Rechnung und stieg unter heftigem Schimpfen des grantigen Taxifahrers aus. Er hatte sich eine längere und lukrativere Fahrt erhofft. Eilig sprang sie hin zu dem Kiosk, einem dieser alten, runden, grünen, typischen Pariser Zeitungskioske. Die freundliche alte Dame mit einem altmodischen Kopftuch, sie wird sicherlich schon achtzig Jahre alt sein, lächelte sie sanft an, und fragte, was es sein dürfe. Marie kaufte das Magazin, zahlte hastig, und fing sofort an darin zu blättern, um den Artikel über den Fotografen vom Titelblatt zu finden. Voller Ungeduld verschlang Sie den Artikel und spürte, wie Ihr Herz zu pochen begann. Sie spürte, daß an dieser zufälligen Begegnung, damals auf dem Trocadéro, doch etwas mehr dran war als ein kurzer Flirt.

Zumindest von ihrer Seite her, denn sie kannte ja noch nicht die unglückliche Geschichte mit dem geklauten Smartphone, und der damit verloren gegangenen Telefonnummer. Vielleicht hatte dieser Fotograf Namens Robert ja gar kein echtes Interesse sie noch mal wieder zu sehen?

Vielleicht war er nur einer dieser zahllosen Schwätzer? Vielleicht hatte er sich danach über sie lustig gemacht, und bei seinen Kumpels damit geprahlt, daß er der große Herzensbrecher und Fraueneroberer ist? Vielleicht wollte er nur schnellen Sex, und hat dafür aber keine Chance an jenem Abend gesehen?

Selbst auf die Gefahr hin, sich lächerlich zu machen, selbst auf die Gefahr hin, verletzt zu werden, beschloß Marie den Kontakt zu dem Magazin zu suchen.

X.

Noch in der gleichen Woche nahm sich Marie ein paar Stunden frei, fuhr zu der Redaktion, und fragte sich durch, bis sie bei Louise, der zuständigen Redakteurin für den Artikel, landete.

Die beiden Frauen verabredeten sich für den Abend im weltbekannten Café de Flore im Quartier Saint-Germain-des-Prés, dass sich im gepflegten 6. Arrondissement der Stadt befindet.
Bei einem Kir royal entstand ein langes Gespräch über das zufällige Zusammentreffen von Marie und Robert, über die Zusammenarbeit von Robert und Louise, über Männer, über die Liebe, und schließlich - wie kann es anders sein - über die besten Boutiquen der Stadt, und ob nun die Mode im Printemps, oder in den Galleries Lafayette besser sei. Frauen…
Glücklicherweise erwähnte Louise mit keiner Silbe den flüchtigen One-Night-Stand mit Robert.

Die genaue Adresse von Robert gab Louise zwar diskreter Weise nicht an Marie weiter, aber sie verriet Ihr, daß das „Au Faubourg" oft von Robert besucht werde.

Marie beschloss schließlich, am Samstag morgen in die Brasserie zu fahren um mehr herauszufinden.

Sie fuhr mit der Métro zur Station Chateau d´Eau.

In dem doch teilweise etwas schmuddeligen 10. Arrondissement der Stadt fühlte sie sich nicht so recht wohl, wohnt sie selber doch im prestigeträchtigen und sauberen Quartier Saint-Germain-des-Prés. Schließlich erreichte Marie nach einem kurzen Fußweg die Brasserie, die schon am Morgen gut besucht war.

Den zahlreichen Stammgästen, meist ganz einfache und nicht gerade wohlhabende Leute dieses Quartiers, fiel die ruhige und elegante Art der fremden Besucherin sofort auf. Für einen kurzen Moment verstummten die lebhaften Gespräche, und mindestens zwanzig Augenpaare richteten sich auf sie.

Auch André wurde hinter seinem Tresen sofort auf die fremde Lady aufmerksam, und als er Marie fragte, was Sie trinken möchte, fragte sie Ihn nach Robert.

André rief sogleich bei mir an, und nun stehen wir, Marie und ich, bei ihm in der Brasserie und schauen uns an.

Nachdem ich die Überraschung einigermaßen verarbeitet habe und auch meine

Sprache wiedergefunden habe, entwickelt sich ein angenehmes Gespräch.

Marie und ich verabreden uns für den Abend und verlassen die Brasserie.

XI.

Das rötliche Licht der Dämmerung scheint durch das geöffnete Fenster meiner Mansarde, während ich mich für das Date mit Marie heute Abend fertig mache. Verschiedene Hemden liegen auf dem Bett, und ich kann mich nicht entscheiden, was ich anziehen soll. Welches würde Marie gefallen, rätsele ich. Vor lauter Ungeduld bin ich viel zu früh dran und kann es kaum erwarten sie wiederzusehen.

Schließlich ist es soweit, ich muss los, denn ich möchte ja pünktlich sein. Noch ein kleiner Schuss von meinem Lieblingsduft, und ich bin fertig. Zur Feier des Tages habe ich mich sogar rasiert und den Bart ordentlich gestutzt. Ich werde doch wohl nicht auch noch eitel werden, frage ich mich selbst.

Wir sind für halb acht verabredet und ich habe in einem meiner Lieblingsrestaurants, im „Montparnasse 1900", einen Tisch bestellt.

Das Restaurant liegt im 6. Arrondissement, also ganz in der Nähe von Maries Appartement. Ich muss ein Stück mit der Métro fahren, und komme einige Minuten zu früh am Treffpunkt an. Marie ist noch nicht da und ich warte gespannt auf Ihre Ankunft. Halb acht; und von Marie noch nichts zu sehen. Es geht auf viertel vor acht, und ich befürchte schon, daß sie es sich anders überlegt hat oder schlicht unzuverlässig ist. Langsam werde ich nervös,und negative Gedanken machen sich in mir breit. Dann endlich sehe ich sie kommen. Sie geht sehr schnell und kommt schließlich etwas außer Atem an. Ich bin erleichtert.

Marie entschuldigt sich für die Verspätung, Ihr Chef hätte von ihr noch kurzfristig eine Auswertung angefordert und die Zeit sei ihr davongelaufen, und dann habe sie sich mit dem Weg hierher total verschätzt. Sie wirkt etwas gestresst, und wir betreten das Restaurant.

Wie in Frankreich in guten Häusern üblich, werden wir am Eingang von einem eleganten Empfangschef freundlich begrüßt und nach einem Check der Reservierung an unseren Tisch begleitet.

Dieses Restaurant könnte man getrost auch als eine Art Museum bezeichnen, denn die Einrichtung hat es in sich! Es wurde im Jahre 1895, also in der Zeit der „Art Nouveau", der Zeit des Jugendstils, eingerichtet, und bis heute in diesem herrlichen Zustand belassen: Wunderschöne Kacheln und Fliesen mit floralen Elementen zieren den Boden und Teile der Wände. Reich verzierte Spiegel lassen den Raum größer und sehr hell erscheinen, während die hintergrundbeleuchtete, bunte Glasdecke dem ganzen Restaurant eine zauberhafte Atmosphäre verleiht. Der Hauptraum wird geteilt durch zwei Reihen hüfthoher mit Pflanzen dekorierter Trennwände, die durch typische Jugendstil - Leuchter ergänzt sind: Schöne junge Frauen, die nur mit einem raffiniert verschlungenem Tuch bekleidet sind, halten einen reich verzierten Leuchter mit einer Hand hoch in die Luft.

Marie sieht sich um, und anscheinend sehr detailverliebt betrachtet sie die Einrichtung, während der freundliche Kellner uns die Speisekarten bringt und uns nach dem Aperitif fragt.

Es ist einer dieser typischen Pariser Kellner, wieselflink, stets mit einem Lächeln auf den Lippen, und doch irgendwie ein klein wenig hochnäsig, und bekleidet wie es sich in dieser Stadt in einem traditionellen Restaurant dieser Klasse gehört: Schwarze Hose, weißes Hemd, natürlich mit Fliege, Weste, und selbstverständlich mit einer langen, weißen Schürze.
Marie bestellt sich einen Kir Royal, und ich gönne mir einen kleinen Pastis.
Gemeinsam studieren Marie und ich die Speisekarte und überlegen hin und her, was wir denn nehmen wollen. Wir lassen uns Zeit, so wie es hier üblich ist, und als unsere Drinks längst geleert sind, bestel-

len wir unsere Menus. Marie nimmt als Hors d'œuvre (Vorspeise) eine bretonische Fischsuppe, danach einen Coc au Vin, ich nehme vorweg einen Salat mit warmem Ziegenkäse, Walnüssen und Feigen, und danach eine Portion Boeuf Bourgignon, ebenso wie der Coc au Vin ein Klassiker der französischen Küche.

Erst jetzt finde ich die Ruhe und die Achtsamkeit, die Dame meines Abends einmal ganz in Ruhe, jedoch nicht aufdringlich, anzuschauen.
Marie trägt ein knallrotes Top aus weich fließender Seide, dazu einen klassischen schwarzen Blazer, einen schwarzen, knielangen Rock, anthrazit farbige Strumpfhosen, und rote Pumps.
Ihr Make up ist geschmackvoll und dezent, und man bemerkt, daß sie sich damit gut auskennt, ihr ohnehin schönes Gesicht gut in Szene zu setzen. Sanft lächelt sie mich an, und ich spüre, wie sie mich in Ihren Bann zieht.
Das Licht der Kerze auf unserem Tisch spiegelt sich warm und weich in ihren schönen Augen.
Unser Menu ist ganz vorzüglich und wir bemerken gar nicht, wie die Zeit vergeht, während wir uns lebhaft unterhalten und immer besser kennenlernen.

Die ersten Gäste haben längst das Restaurant verlassen und der freundliche Kellner fragt uns nach unseren Wünschen fürs Dessert. Wir nehmen eine Crème brulée und eine Dame Blanche, und danach je einen kleinen Café.

Gegen zehn Uhr verlassen wir entspannt und gut gelaunt das schöne Restaurant, und Marie bedankt sich mit einem Händedruck für das gute Essen, und die gute Wahl des Restaurants.

„Sehen wir uns wieder?", frage ich schüchtern, „aber klar doch!", antwortet Marie prompt und zwinkert mir zu. Ich frage Sie, ob ich Sie noch nach Hause begleiten soll, aber Marie lehnt dankend ab. Wir verabschieden uns, und ich sehe ihr noch lange nach, und auch sie schaut sich ab und zu nach mir um. Was für ein Abend!

Müde, aber glücklich fahre ich mit der Métro zurück nach Hause. In dieser Nacht denke ich noch lange an unser Essen zurück. Es beseht kein Zweifel: Marie ist eine intelligente und achtsame Frau mit eigenen Wertvorstellungen. Sie ist nicht auf ein kurzes Abenteuer aus. Eine Frau wie sie wäre dafür auch viel zu schade.

Irgendwie spüre ich, dass wir Seelenverwandte sind.

XII.

Sonntagvormittag. Ich habe gut geschlafen, und sitze entspannt draußen vor einem Café und lese gemütlich die Zeitung vom Vortag.
Im Radio singt Édith Piaf das Lied „La Vie en Rose". Das Leben meint es gut mit mir, denke ich.

Das Handy klingelt, es ist Marie. Ihre klare und schöne Telefonstimme klingt voller Temperament und zieht mich noch mehr in ihren Bann. Sie erkundigt sich wie es mir geht, und ob mir der Abend mit ihr gefallen hätte. Ohne zu zögern bejahe ich Ihre Frage, und wir plaudern noch ein wenig über den Abend und das Essen.
Da wir beide während der Woche einfach zu viele berufliche Termine haben, beschließen wir am nächsten Wochenende noch mal etwas gemeinsam zu unternehmen.
Wir überstürzen nichts, wir lassen uns Zeit.
Während der Woche telefonieren wir ein paar Mal, reden über die Arbeit, über die Politik, über die zunehmende Armut in der Stadt, und gesellschaftliche Veränderungen.
Nur Musik ist nicht unser gemeinsames Thema, denn Jazz, für den ich eine Vorlie-

be habe, ist echt nicht Ihr Geschmack. Macht aber nichts.

Wir verabreden uns für Samstag Vormittag um 10 Uhr am Triumphbogen, um einfach nur die große Prachtstraße Avenue des Camps-Élysées hinunter zu spazieren, denn wir haben bei unseren Telefonaten festgestellt, dass wir das schon lange nicht mehr gemacht haben.

XIII.

Pünktlich um zehn Uhr am Samstag Morgen kommen Marie und ich an der Métro Station Charles De Gaulle Étoile an und wir begrüßen uns spontan mit einer herzlichen Umarmung. Ich kann Maries Herzschlag spüren. Ihr Herz schlägt recht schnell. Liegt es an den Treppen, oder liegt es an mir? Ist sie vielleicht etwas verliebt? Ich denke zu viel, ich sollte mich auf das hier und jetzt konzentrieren.

Es sollte laut Wetterbericht eigentlich ein sonniger Tag werden, aber während wir gemütlich die große Avenue herunter schlendern, ziehen dunkle Wolken auf. Schade, denke ich, welche Frau geht schon gerne im Regen bummeln?
Schließlich fängt es mit einem gewaltigen Gewitterdonner kräftig an zu regnen. Ich suche nach einem Café oder Restaurant, um mit Marie ins Trockene zu flüchten, aber was mach sie?
Marie zieht sich ihren Trenchcoat über den Kopf und fängt an lauthals *das* berühmte Lied zu singen, das Joe Dassin über die große Avenue gesungen hat, das Lied, das ihn unsterblich gemacht hat, obwohl er mit nur einundvierzig Jahren viel zu früh von uns ging:
„Je m'baladais sur l'avenue, le coeur ouvert à l'inconnu..."

(auf Deutsch: „Ich liebe es auf der Avenue spazieren zu gehen, mein Herz offen für das Unbekannte").

Ich bin völlig baff, aber Marie nimmt einfach nur meine Hand, und so gehen wir im strömenden Regen die Avenue hinunter und singen gemeinsam das schöne Lied von Joe Dassin. Die Leute schauen uns verwundert an und ich denke, „schaut Ihr nur, so sehen glückliche Menschen aus."

Aber so ganz normal und erwachsen wollte *ich* sowieso nie sein, denn ganz normale, erwachsene Menschen sind doch irgendwie langweilig, oder?

Als wir schließlich am Laden der weltbekannten Parfümerie Guerlain vorbeikommen, ziehe ich Marie spontan hinein. Parfum von Guerlain kann man doch in jedem guten Kaufhaus bekommen, meint Sie, aber ich lasse mich nicht von meiner Idee abbringen und wir betreten den edel und vornehm ausgestatteten Laden.

Personal und anwesende Kunden mustern uns, und erst dann bemerken wir, dass wir pitschnass sind und dass sich gerade eine kleine Pfütze unter uns bildet. Maries Haar ist klatschnass, und Sie sieht hinreißend damit aus.

Wir schauen uns an, und lachen laut los, und nach ein paar Sekunden lacht der ganze Laden mit uns. Das ist Paris, das ist das Leben!

Nachdem wir ein paar Düfte „durchgeschnuppert" haben, findet Marie, dass der Duft „La petite Robe noir" („Das kleine schwarze Kleid") der schönste sei.

Gegen ihren Willen kaufe ich ihr einen kleinen Flacon dieses raffinierten Duftes dieser renommierten, alten Parfümerie, die im südfranzösischen Grasse produziert.

Inzwischen ist das Gewitter vorübergezogen und unser Spaziergang auf der Avenue des Champs-Élysées führt uns vorbei an zahlreichen Sehenswürdigkeiten, wie dem Grand Palais, einer großen, mit einem gewaltigen Glasdach ausgestatteten Ausstellungshalle aus dem Jahr 1900, dem Park Jardin des Champs-Élysées, und schließlich zum Place de la Concorde mit dem großen Obelisk von Luxor, den Napoleon aus Ägypten mitgebracht hatte.

Wir spazieren weiter durch den Park des Tuileries, vorbei am Arc de Triomphe du Carrousel, am Louvre vorbei und dann über die Rue Rivoli in eines der ältesten Quartiers der Stadt: Das Marais-Viertel. Marais heißt Sumpf und früher war dieses Gelände auch sumpfig. Das Marais besteht aus engen alten Gassen und ist bei Touristen sehr beliebt. Hier stößt man auch auf die jüdische Kultur. Es gibt eine Synagoge, jiddische Buchläden, und Läden und Restaurants, die koscheres Essen anbieten. Ebenso gibt es hier viele Imbisse, die Fallafel anbieten.

Marie und ich machen eine Pause, denn inzwischen haben wir eine ganz schöne Strecke auf der Hauptachse der Stadt zurückgelegt.

Wir gönnen uns eine große Portion Fallafel, mit vielen geschmorten mediterranen Gemüsen und Joghurtsoße. Dass man das meistens nicht ohne zu kleckern essen kann, hat man uns hinterher angesehen. Egal. Hat geschmeckt, und Spaß gemacht!

Glücklich wie frisch verliebte Teenager schlendern wir weiter bis zu einem der schönsten und romantischsten Plätzen der Stadt, dem Place des Vosges. Das ist ein Quadratischer kleiner Park mit altem Baumbestand, einem schönen Springbrunnen, Picknick-Wiesen und schattigen Parkbänken. Er ist umgeben von schönen gepflegten Stadthäusern mit Arkaden, in denen sich ein paar nette Cafés befinden. Wir trinken Kaffee und beschließen, hier auch mal ein kleines Picknick zu machen.

Mittlerweile ist es früher Nachmittag und wir beenden unseren Ausflug, um jeweils nach Hause zu fahren um einige liegengebliebene Dinge zu erledigen. Wäsche wäscht sich nicht von alleine…

Aber wir versäumen es nicht, uns für den Abend zu verabreden.

Ich schlage als Treffpunkt Sacré Coeur vor, und Marie ist ganz verwundert. Sacré Coeur, meint Sie, ist doch Kitsch, ist doch nur was für die Japaner und Amis, die nach Paris kommen, aber doch nicht für Einheimische, wie wir es sind. „Eben drum!", meine ich, „so richtig schön kitschig.", ergänze ich mit einem breiten Grinsen und Marie stimmt schließlich zu. „Du bist verrückt", sagt sie lachend, „und deshalb…". „Und deshalb was?", Frage ich. „Ach nichts.", ist Maries knappe Antwort.

Wir gehen noch gemeinsam das kurze Stück zur Métro-Station Saint Paul, verabschieden uns herzlich und fahren in verschiedene Richtungen jeweils nach Hause.

XIV.

Frisch rasiert und geduscht mache ich mich auf den Weg zu unserem verabredeten Treffpunkt, der Basilika Sacré Coeur.
Ich habe extra mein frisch gebügeltes Lieblingshemd angezogen, ein englisches Hemd aus weißem Twill mit eleganten Umschlagmanschetten und silbernen Manschettenknöpfen, die ich vor ein paar Jahren auf dem Flohmarkt erstanden habe.
Sogar eine Krawatte habe ich angezogen.

An der Métro-Station Anvers angekommen, geht es erst mal aufwärts durch die Rue de Steinkerque. Mein Weg führt vorbei an den Läden, die zum Teil kitschige Souvenirs an die Touristen aus aller Welt verkaufen.
Da gibt es die Kochschürzen mit dem Bild von Paul Bocuse, dem weltberühmten Koch aus Frankreich.
Er war der wichtigste Wegbereiter der Nouvelle Cuisine und gilt als einer der besten Köche des 20. Jahrhunderts.
Es gibt billige Taschen, Tücher und T-Shirts, die mit Pariser Motiven bedruckt sind, und es gibt immer noch die wieselflinken Hütchenspieler, auf die immer wieder Touristen reinfallen und 50 oder 100 Euro schneller verlieren, als sie gucken können.

Oben an der Straße angekommen, bietet sich der wunderschöne Ausblick auf die weiße Basilika, die absolut majestätisch und prachtvoll oben auf dem Hügel von Montmartre thront. Immer wieder bin ich angetan von dem Anblick dieses Bauwerkes.

Jetzt könnte ich die breiten, langen Treppen hinaufsteigen, aber weil ich ja nicht verschwitzt oben ankommen möchte, entscheide ich mich für die kurze, aber steile Fahrt mit der Funiculaire, einer alten Standseilbahn, die bereits im Jahre 1900 in Betrieb genommen wurde.

Auf der Treppe vor der Basilika wartet bereits Marie. Trotz der vielen Menschen dort entdecke ich sie sofort.

Sie trägt die gleiche Kleidung wie bei unserem ersten, zufälligen Zusammentreffen auf dem Trocadéro:

Knackige, verdammt gut sitzende Blue-Jeans mit einem schwarzen Ledergürtel, einen beigefarbenen Trenchcoat, darunter ein schlichtes weißes Hemd, und auf dem Kopf ein auberginefarbiges Barett. Das Hemd hat sie heute hoch geschlossen, und dazu trägt Sie eine kleine dunkelblaue Fliege mit weißen Punkten. Sie sieht einfach süß aus damit, denke ich. Ich warte noch einige Augenblicke ab, bevor ich zu ihr hin gehe, und genieße einfach den Anblick dieser schönen und eleganten Frau, mit der ich Glückspilz den Abend verbringen darf.

„Salut Marie!", rufe ich. Sie dreht sich zu mir um und antwortet mit Ihrem strahlenden Lächeln „Salu Robert!".

Das warme Licht der Abenddämmerung glitzert in ihren schönen Augen, und lässt die ohnehin leicht gebräunte, makellose Haut ihres ebenso schönen Gesichtes noch wärmer, noch weicher erscheinen.

Für ein paar Sekunden schauen wir uns einfach nur an, und vergessen die Welt um uns herum. Obwohl wir von unzähligen Touristen aus aller Welt umgeben sind, gibt es in dem Moment nur uns.

Gemeinsam genießen Marie und ich noch eine Weile den unvergleichlichen Blick, der sich von hier oben auf diese große und pulsierende Weltstadt bietet.

Man erkennt die Bahnhöfe Gare de l'Est und Gare du Nord, das extravagante und bunte Centre Pompidou, Notre Dame, das Pantheon, den Tour Montparnasse, den Eiffelturm, und vieles mehr.

Wir blicken hinab auf das Meer der abertausenden typischen Pariser Dächern, mit ihren Mansarden, und den ebenso typischen zahllosen roten Kaminen.

Nachdem wir uns von diesem Anblick losreißen konnten, spazierten wir vorbei an der wunderschönen Basilika, hin zu dem großen, alten Wasserturm von Montmartre, der von einem winzigen romantischen

Park umgeben ist. Nur wenige Besucher von Montmartre machen den kleinen Umweg hierher oder nehmen sich die Zeit die Wasserspeier und Chimären und viele andere Details der Basilika näher zu betrachten. Leise dringt der Gesang der Nonnen von Montmartre nach außen, denn, was viele nicht wissen: In Montmartre wird ohne Unterbrechung gesungen, 24 Stunden am Tag, 365 Tage im Jahr.

Schließlich schlendern wir durch die Rue du Mont-Cenis, um zum Place de Tertre zu gelangen. Immer wieder sprechen uns Maler an und wollen Marie portraitieren. Mit galanten Komplimenten versuchen sie an Kundschaft zu kommen.

Wir erreichen den Place de Tertre, den Platz, der von zahlreichen Malerinnen und Malern bevölkert wird. Es gibt alle Arten von Malerei hier oben, vom Kitsch bis hin zu durchaus anspruchsvollen Kunstwerken, und natürlich immer wieder Versuchen, ein Porträt oder eine Karikatur anzufertigen.

Rund um den Platz gibt es einige Cafés und Restaurants und ich schlage vor, dass wir einfach mal wie die Touristen hier oben etwas essen, und nicht in eines unserer Restaurants zu gehen, wo überwiegend die Einheimischen essen gehen.

Wir betreten ein Restaurant das uns gut erscheint, und der freundliche Kellner bietet uns einen Tisch an. Ob wir Touristen seien und das Erste Mal in der Stadt, fragt er uns, und noch bevor Marie etwas sagen kann, sage ich voller Ernst in der Stimme, dass dem so ist, das wir sind das Erste Mal in Paris seien. Nachdem er die Getränkebestellung aufgenommen und sich entfernt hat, Lachen wir laut los und freuen uns wie kleine Kinder, denen ein Streich gelungen ist. Wir Ur-Pariser, das erste Mal in der Stadt. Herrlich.

Wie es sich für Touristen gehört, bestellen wir und „Moules Frites" und trinken dazu bretonischen Cidre, der natürlich nicht aus einem Glas getrunken wird, sondern aus einer Tasse, oder noch korrekter: Aus einer „Bol".

Wir pulen voller Freude die Muscheln, die in dem Sud aus Weißwein und Zwiebeln echt gut schmecken, aus ihren Schalen. Die Muscheln sind in einem typischen, blauen Emaille-Topf und der Kellner war schon zwei Mal da, um jeweils einen Berg leerer Schalen wegzuräumen.

Wir fragen den zuvorkommenden Kellner, was man sich denn so in Paris noch anschauen könnte, und amüsieren uns köstlich, sobald er wieder weg ist.

Zum Abschluss bestellen wir uns noch einen Calvados, weil wir der Meinung sind, dass die Muscheln sich dann mehr zu Hause fühlen in unseren Bäuchen, und sie noch etwas zum Schwimmen brauchen.

Als uns schließlich die Bäuche aus zwei Gründen weh tun, vom vielen Essen und vom vielen Lachen, bezahle ich die Rechnung und wir ziehen weiter.

Auf dem Place de Tertre spricht uns erneut ein Maler an, ob er Marie malen dürfe. Er würde auch nicht viel Geld nehmen dafür. Es ist ein kleiner, älterer Mann, der schon etwas gebückt geht. Sein Gesicht ist von tiefen Falten durchzogen und die Haut vom jahrzehntelangen Aufenthalt bei Wind und Wetter im Freien wie gegerbt. Im Mundwinkel ist der jämmerliche Rest einer längst erloschenen Zigarre. Auf dem Kopf trägt er ein altes, schon etwas speckiges Barrett, und seine Kleidung ist auch nicht mehr die beste, vor allem seine völlig schief abgelaufenen Schuhe. Er hat es nicht leicht, denke ich, und vielleicht hat er noch nicht einmal eine Altersversorgung. Ich schaue in sein Gesicht und sehe in zwei irgendwie traurige Augen. Für einen Moment ist Stille, bis ich ihm sage, dass er Marie malen darf. Innerhalb von Sekunden verschwindet die Traurigkeit aus seinem Gesicht und weicht einem warmen Lächeln, während er beginnt seine Malutensilien aus der Manteltasche zu kramen.

Marie zieht ihren Mantel und die Fliege aus, öffnet die oberen Knöpfe ihres Hemdes, stellt den Hemdkragen lässig hoch und drapiert ihre Haare, die wild über den strahlend weißen Kragen fallen. Sie sitzt kerzengerade auf einem alten Bistrostuhl, und der alte Maler bittet sie Ihr Gesicht etwas zu drehen, damit er das schöne Profil dieses attraktiven Models besser erkennen kann. Das weiche Licht einer alten Straßenlaterne fällt seitlich auf Marie und verleiht dem Anblick viel Kontrast und Tiefe. Sie sieht unglaublich aus und die Passanten die vorübergehen, schauen auf Marie und auf das Papier des Malers. Besonders einigen Männern merkt man an, dass sie gern etwas länger schauen möchten, was aber meist von ihren weiblichen Begleiterinnen mit einer etwas eifersüchtigen Reaktion vereitelt wird.

Die alte, faltige Hand des Malers fängt an zu zeichnen und der Kohlestift lässt zuerst Maries Augen auf dem Papier entstehen. Es ist ein bisschen so wie früher in der Dunkelkammer, wenn auf dem belichteten Fotopapier im Entwicklerbad nach und nach immer mehr Details sichtbar wurden. Es fasziniert mich, mit welcher Ruhe und Detailtreue der alte Mann das Porträt entstehen lässt. Immer mehr Einzelheiten werden sichtbar, die Wangen, der Mund, das Barrett auf dem Kopf und die lockigen, dunklen Haare, die wild und ungestüm über den Kragen ihres weißen Hemdes fallen, und gemeinsam wie ein kontrastreicher Rahmen für ein edles Gemälde wirken. Völlig verliebt denke ich was ist schon die Mona Lisa im Vergleich zu meiner Marie!

Geduldig sitzt Marie auf Ihrem Stuhl und lässt dem alten Maler die Zeit, die er braucht, obwohl Ihr es eher etwas unangenehm ist, so in der Öffentlichkeit im Mittelpunkt zu stehen. Sie tut es mir zuliebe, denn sie hat doch längst bemerkt, wie ich ihren Anblick liebe. Und ich liebe auch jede kleine Falte in ihrem Gesicht, auch wenn sie das nicht versteht, und die paar Fältchen, die sie hat, gerne verschwinden lassen würde. Aber ich mag jede einzelne kleine Falte, denn sie sind für eine Frau in Maries Alter doch etwas völlig Natürliches und zeugen von ihren Erlebnissen, ihren Sorgen, ihrem Lachen, und machen sie erst zu der markanten, natürlichen Frau, die sie ist, und in den vielen, langen Gesprächen mit Ihr, habe ich längst bemerkt, was sich „hinter der schönen Fassade" verbirgt, nämlich ein emphatischer, intelligenter, und zugleich warmherziger Mensch. Das Äußere ist zwar das Erste, was wir von einem Menschen wahrnehmen, aber das ist natürlich längst nicht alles, worauf es ankommt.

„Man sieht nur mit dem Herzen gut. Das Wesentliche ist für die Augen unsichtbar.", schrieb Antoine de Saint-Exupéry in seinem Meisterwerk „Der kleine Prinz".

Wie recht er damit hat!

Und als Fotograf muss ich sagen, daß mir diese makellosen, zu stark geschminkten und halb verhungerten Models der großen Modemarken noch nie gefallen haben. Außerdem habe ich es stets abgelehnt, in der Nachbearbeitung eines Portraits das Gesicht einer Person mit Weichzeichnern und Filtern „zu optimieren". Ich fand das immer unehrlich. Ich mag die „straight photography", die der amerikanische Fotograf Ansel Adams vor vielen Jahrzehnten geprägt hat. Man könnte sie auch die „ehrliche Fotografie" nennen.

Aber zurück zum Maler auf Montmartre. Er scheint inzwischen zufrieden mit seinem Werk zu sein und macht einige letzte Korrekturen.

Dann zeigt er das fertige Bild Marie und mir. Ich bin sprachlos, und einige der Passanten, die zum Teil lange beim Malen zugeschaut haben, raunen voller Bewunderung. „Wow" und „Bravo" ist zu hören, denn dieses Bild ist wirklich ein Kunstwerk! Marie wird ganz verlegen - und etwas rot. Ihr ist es peinlich, und ich denke nur, „wie süß", und ich bin stolz diese Frau an meiner Seite zu haben.

Der Maler bemerkt natürlich sofort dass uns sein Werk sehr gut gefällt, und ist ebenfalls überglücklich, denn es ist sein Anspruch, gute Arbeit abzuliefern, denn er malt nicht nur um Geld zu verdienen, sondern weil es seine Passion, seine Leidenschaft ist. Das haben Marie und ich deutlich gespürt, und das verdient unseren Respekt.

Wir bedanken uns herzlich bei dem Maler, und bezahlen ihm etwas mehr, als er wollte. Er hat es sich verdient. Als wir uns verabschieden wollen, beschließe ich spontan den alten Mann noch auf ein Glas Rotwein in eines der Bistros am Place de Tertre einzuladen. Aus einem Glas werden mehrere und das Gespräch zwischen uns Dreien wird lebendiger, das Lachen lauter und der Alte erzählt uns Geschichten von früher, Geschichten von dem alten Paris. Er erzählt uns Geschichten von seiner Frau, die längst verstorben ist, und wie er sie kennengelernt hat. Das war in den neunzehnhundertfünfziger Jahren, und sie war eine talentierte, junge Sängerin und ist allabendlich durch das Quartier rund um Montmartre und Pigalle gezogen, um in den kleinen Restaurants für eine Hutsammlung ein paar Chansons zu singen um ein paar Francs und Centimes für den Lebensunterhalt zu verdienen. Der alte Maler sagt, sie konnte „singen wie die Piaf", und dass sie Beide arm, aber schwer verliebt und glücklich waren. Was für eine Geschichte! Marie hat vor lauter Rührung Tränen in den Augen. Ich auch. Auch der alte Maler wirkt zufrieden und glücklich, wahrscheinlich hat er schon lange Niemand mehr zum reden gehabt, niemand, der *seine* Geschichte hören wollte.

Wir verabschieden uns herzlich, und unsere Wege trennen sich.

Mit dem eingerollten Porträt unter dem Arm, spazieren Marie und ich über die Treppen und durch die kleinen Gassen den Hügel von Montmartre hinunter und unterhalten uns über den schönen und romantischen Abend.

Wir erreichen die Métro-Station Abesses, eine der schönen, alten Stationen, die von Hector Guimard in der Zeit der Art Nouveau entworfen wurden. Anstatt gleich hinunter in die Station zu gehen, nehme ich spontan Maries Hand, was Sie nicht zu stören scheint. Wir lächeln uns an, und ohne ein Wort zu verlieren, gehe ich mit ihr ein paar Schritte oberhalb der Station in einen kleinen Park, den Square Jehan Rictus. Der kleine Park ist eigentlich nichts Außergewöhnliches, aber er wurde durch ein ganz besonders Kunstprojekt weltbekannt: „Le Mur des Je t'aime" - „die Wand der Ich liebe Dich"!

Das Kunstwerk ist der Liebe gewidmet, und der Schriftzug „Ich liebe Dich" ist hier in über 250 Sprachen, und verschiedenen Schriften, in weiß geschrieben auf großen, blauen Wandfliesen an einer Fassade zu sehen. Tagsüber wimmelt es hier vor lauter Liebespärchen, die mit ihren Smartphones emsig Selfies machen, um sie dann sogleich bei Facebook, Instagram & Co. mit der ganzen Welt zu teilen.

Marie und ich schauen uns eine Weile wortlos an und ich muss die berühmten drei Worte gar nicht aussprechen, denn Marie spürt genau, was ich fühle, und sie fühlt genau so.

Wir schließen die Augen, und langsam, fast schon etwas schüchtern, nähern sich unsere Lippen einander an. Aus einem ersten, zarten Kuss entwickelt sich ein leidenschaftlicher Kuss, der uns die Welt um uns herum vergessen lässt, ein Kuss, wie ihn nur zwei Menschen, die sich wirklich lieben, einander geben können.

Ich könnte versuchen, die Gefühle bei diesem Kuss mit Worten zu beschreiben, aber auch mit tausend Wörtern würde mir das nicht angemessen gelingen. Es gibt Dinge, die muss man einfach selbst erleben, und erst dann kann man die Magie eines solchen Momentes verstehen, und dieser Moment, hier in Paris, am Fuße des Hügels von Montmartre, ist pure Magie, pures Glück. Ich empfinde es als großes Geschenk, das erleben zu dürfen.

Ohne ein Wort zu verlieren, gehen wir zurück zur Métro-Station Abesses und fahren zur Station Strasbourg / Saint-Denis in mein Quartier. Es ist schon Nacht geworden, aber hier in der Rue du Faubourg Saint-Denis ist noch immer richtig was los. Wir gehen die Straße hinauf und kehren noch bei André in der Brasserie ein. Marie trinkt noch einen „Monaco" und ich gönne mir noch einen Américano, und zu dritt, mit André, entwickelt sich ein lebhaftes Gespräch. Marie berichtet von ihrer Arbeit, und dass Sie eigentlich viel lieber etwas Kreatives machen würde, André erzählt von seinen Gästen und von der Rauferei neulich, als sich ein paar angetrunkene Halbstarke in die Haare geraten sind. Ich erzähle den beiden von meine Erinnerungen an schöne Konzerte, die ich hier gleich um die Ecke erleben durfte, denn hier im Quartier, in der Rue des Des Petites Écuries, befindet sich das „New Morning", ein Club, der vor Allem bei Freundinnen und Freunden des Jazz und Blues weit über die Grenzen Frankreichs bekannt ist. Das New Morning sieht von außen nicht gerade einladend aus, so wie eigentlich die ganze Straße, aber hier finden nahezu täglich Konzerte auf höchstem Niveau statt. In der rustikalen Club-Atmosphäre, vor relativ kleinem Publikum habe ich hier schon den weltbekannten Jazz-Trompeter Roy Hargrove mit seinem Quintett erlebt. Roy starb leider, viel zu früh, mit nur 49 Jahren, aber seine Musik macht ihn unsterblich. Einen seiner bekanntesten Titel hat er nach der nahe gelegenen Métro-Station „Strasbourg Saint-Denis" benannt, denn er ist hier gerne aufgetreten und er mochte das enthusiastische Publikum hier sehr. Er

81

bezeichnete die Gegend rund um das New Morning in einem seiner Konzerte mal als „fun place", und damit hat er völlig recht, denn hier im Quartier, und im New Morning, ist immer was los!

Die Zeit ist schon weit vorgerückt, und die anderen Gäste sind bereits gegangen. André hat längst die Eingangstür abgeschlossen, und so plaudern wir drei noch eine Weile, bis André uns zu verstehen gibt, dass er jetzt doch mal so langsam das Licht ausschalten und ins Bett möchte.
Ich zahle die Drinks, wir verabschieden uns herzlich, wie alte Freunde es tun, und Marie und ich verlassen die Brasserie.

Ich hake mich bei Marie unter, und ohne ein Wort zu verlieren, gehen wir gemeinsam in Richtung meines Appartements, wo Marie zuvor noch nie war.
Wir gehen durch den ausgelatschten Flur, in dem wieder einmal die Beleuchtung ausgefallen ist, quetschen uns in den alten Aufzug und fahren nach oben, bis unters Dach.
Gespannt, wie Marie reagieren wird, öffne ich die widerspenstig knarrende Tür, und wir betreten mein kleines Rattenloch.
Die Luft darin ist in dieser Spätsommernacht schwül und warm und so öffne ich das Fenster, um wenigstens etwas frische Luft hinein zu lassen.

Marie sagt kein einziges Wort, obwohl ich bemerke, daß sie genau die Details meines Appartements begutachtet, und lächelt mich ab und zu nur sanft an.

Was Sie wohl denkt? Fühlt sie sich wohl, frage ich mich und habe Angst, irgendwas verkehrt zu machen oder irgendetwas zu überstürzen.

Im Kühlschrank sind glücklicherweise noch ein paar kalte Drinks und ich hole uns zwei kühle Bier raus.

Marie hat inzwischen ihren Trenchcoat abgelegt und sitzt kerzengerade auf einem Stuhl in der Mitte des Raumes. Die Luft weht von draußen durch den leicht wehenden Vorhang nach drinnen und das flaue Mondlicht leuchtet so auf Marie, dass sich Ihre Silhouette atemberaubend anmutig und schön abzeichnet.

Sie legt den Kopf in den Nacken, und schüttelt Ihre langen, wilden Haare nach hinten, hebt ihre Hände hoch, und fährt damit durch ihre Locken. Dadurch spannt sich der dünne, weiße Stoff Ihres blütenweißen Hemdes über ihre wohlgeformten Brüste, und die Spitzenstickerei des BHs schimmert etwas durch.

Mir fehlen die Worte, und aus meinem schäbigen kleinen Appartement unterm Dach ist ein Ort voller Anmut, Schönheit, und Ästhetik geworden, ja ein Ort voller Magie.

Während ich auf meiner Bettkante sitze, erhebt sich Marie langsam und kommt auf mich zu. Der Gang ihrer schlanken Beine ist geschmeidig und elegant. Ihre Schuhe und die Jeans hat Sie ausgezogen und sie trägt nur noch dieses schlichte, weiße Männerhemd, das ihren schönen Körper zwar zart umhüllt, aber vielleicht gerade deswegen noch femininer, noch geheimnisvoller erscheinen lässt.

Mit einem sanften Stoß schubst Sie mich auf die Matratze, auf der ich nun hilflos vor ihr auf dem Rücken liege.

Marie beugt sich über mich, und ich rieche den wunderbaren Duft von Guerlain auf ihrer zarten Haut, den ich ihr heute Vormittag auf der Avenue des Champs-Élysées gekauft habe.

Während ich in ihre Augen sehe, zieht Sie mir mit ihren geschickten Händen meine Krawatte aus, und fängt an ganz langsam mein Hemd Knopf für Knopf zu öffnen, und für jeden Knopf gibt sie mir einen zärtlichen Kuss.

Meine Brust wird zur Spielwiese für Maries unglaublich zärtlichen Finger und ihre zarten Lippen.

Ich schließe meine Augen, lasse Marie gewähren und glaube den Verstand zu verlieren.

Irgendwo in der Nachbarschaft läuft das Lied „Endless Summer Nights" von Richard Marx und ich genieße Maries Zärtlichkeit.

Was dann noch in dieser Nacht in Paris geschah, war nicht hart und schnell, sondern erfüllt von Harmonie und Zärtlichkeit, es war der völlige Gleichklang und die vollkommene Harmonie zweier Körper und zweier Herzen. Es war etwas Magisches, was Menschen nur dann erleben können und dürfen, wenn sie sich ehrlich, aufrichtig und intensiv lieben.

Seit dieser Nacht wissen Marie und ich, was man in Frankreich „La Petite Mort" (der kleine Tod) nennt.

XV.

Sonntagmorgen, der Morgen nach einer unvergleichlichen Nacht, bricht an.
Marie liegt neben mir und schläft noch friedlich wie ein Kind. Das Licht der aufgehenden Sonne, das spärlich durch die klapprigen Blech-Fensterläden meines Appartements fällt, scheint sanft auf Ihre schöne Haut. Der Duft ihres Parfums liegt noch in der Luft. (M)ein Engel, denke ich.

Kurze Zeit später sitzen wir gemeinsam bei Café au Lait und Croissants am Tresen bei André in der Brasserie.
Wir sind die ersten Gäste, und er hat Zeit, und setzt sich zu uns. Wir brauchen ihm nichts zu erzählen, er sieht in unsere Gesichter und weiß anscheinend instinktiv, was geschah.
Mit einem breiten Grinsen in seinem Gesicht macht er noch eine Runde Café au Lait für uns. Ich frage Marie, ob sie Lust auf kleinen Ausflug und einen kleinen Spaziergang hat, was Sie spontan bejaht.
Wir nehmen die Métro-Linie 4 bis Saint Michel, und spazieren den Boulevard hinunter. Es ist ein schöner, sonniger Morgen, und Marie weiß noch nicht, welches Ziel ich mir ausgedacht habe.

Wir erreichen das Quartier Latin, in dem Marie wohnt, und gehen in den Jardin du

Luxembourg, einem großen Park, der schon 1611 angelegt wurde. In dem im Park gelegenen Palais du Luxembourg tagt unter anderem der französische Senat, und es gibt vielfältige Freizeitmöglichkeiten.

Mein Ziel ist die Fontaine Medicis, eine romantische Brunnenanlage, die von der Witwe Maria de´Medici in Auftrag gegeben wurde, nachdem ihr Mann, Heinrich IV., im Jahre 1610 ermordet wurde.

Am Ende der imposanten Brunnenanlage befindet sich eine Grotte, die zur Kulisse einer Liebesgeschichte aus der Antike geworden ist: Der riesige Zyklop Polyphem beugt sich kniend über den Rand des Felsens und entdeckt seinen Geliebte, Galateia, wie sie in den Armen des Jünglings Akis liegt. Die Figuren sind sehr kontrastreich: Der Zyklop ist aus dunkler Bronze, und wirkt überaus bedrohlich, während das Liebespaar aus weißem Marmor geschaffen wurde. In den Nischen links und rechts der Figurengruppe befinden sich Faunus, der Gott der Natur und des Waldes, und eine Jägerin.

Über eine Kaskade fließt das Wasser des Brunnens in ein rechteckiges, fünfzig Meter langes Becken, das von Vasen und Gittern eingefaßt ist.

Marie und ich gehen zur Grotte und betrachten gemeinsam diese wild romantische und hinreißend schöne Szenerie, die man die Skulptur der Liebenden nennt.

Ich ziehe Marie zu mir, schaue ihr lange und tief in ihre schönen, warmen Augen, und endlich sage ich ihr die drei Worte, die ich Ihr schon am vergangenen Abend an der „Mur des Je t'aime", sagen wollte:

„Je t'aime, Marie!".

„Wurde aber auch Zeit!", antwortet sie lachend, zwinkert mit den Augen, und sagt:

„Je t'aime, Robert!".

Marie nimmt meine Hand, singt leise das Lied „La Vie en rose" von Édith Piaf, und wir spazieren verliebt durch den Jardin du Luxembourg.
Das ist Paris, das ist das Leben.

Fin.

Der alte Wasserturm von Montmartre.

Weitere Bücher von Roland Wiesdorf:

„Lust auf Paris" schildert in einer kurzen Erzählung Eindrücke und Erinnerungen von Paris Ausflügen, ergänzt mit zahlreichen Schwarzweiß-Fotos.
88 Seiten, Format DINA5.

„Lust auf London" schildert Eindrücke einer Tagestour durch London, ergänzt mit zahlreichen Schwarzweiß-Fotos und einigen Colorkey-Aufnahmen.
92 Seiten, Format DINA5.

„Lust auf Berlin" ist ein reines Fotobuch mit 200 etwas anderen Schwarzweiß-Fotos aus Berlin: Architektur, Street-Art, Graffiti, Kunst, Kurioses.
128 Seiten, Format DINA4.

Alle Bücher sind beim Verlag Books on Demand zu bestellen, oder beim örtlichen Buchhandel und bei vielen bekannten Online-Shops.

Aus drucktechnischen Gründen folgen zwei leere Seiten.